Leonhard F. Seidl (Hrsg.)

Tatort Bayerischer Wald

10 Kurzkrimis

ars vivendi

Originalausgabe

Erste Auflage Mai 2022
© 2022 by ars vivendi verlag
GmbH & Co. KG, Bauhof 1,
90556 Cadolzburg
Alle Rechte vorbehalten
www.arsvivendi.com

Umschlaggestaltung: FYFF, Nürnberg
Motivauswahl: ars vivendi
Umschlagfoto: © unsplash / filip zrnzevic
Druck: CPI buchbücher.de GmbH, Birkach
Gedruckt auf holzfreiem Werkdruckpapier
der Papierfabrik Arctic Paper

Printed in Germany

ISBN 978-3-7472-0357-6

Tatort Bayerischer Wald

Inhalt

PASSAU
Martin von Arndt Wir sehen uns wieder   9

CHAM / WUTZSCHLEIFE
Tommie Goerz Schwarzhof   27

BODENMAIS
Tanja Kinkel Neulich in Bodenmais   45

KAŠPERSKÉ HORY
Tessa Korber Goldmarie   67

NEUSCHÖNAU
Friederike Schmöe Auf der Himmelsleiter   95

DEGGENDORF / ZWIESLERWALDHAUS
Leonhard F. Seidl Das Wasser bis zum Hals   108

STRAUBING
Leonhard Michael Seidl Blind Date   126

GROSSER ARBERSEE
Roland Spranger Personalanpassung   141

KLATOVY
Elmar Tannert Der dritte Mann   156

ZWIESEL
Andreas Thamm Das Rufen im Walde, wo keiner spaziert   177

Die Autorinnen und Autoren   196

Martin von Arndt

Wir sehen uns wieder   P‌ASSAU

Diese Geschichte basiert auf einem realen Ereignis. Sie schildert das Geschehen aber lediglich so, wie es auch hätte sein können. Entsprechend sind Personen und Handlung der Geschichte frei erfunden und etwaige Ähnlichkeiten mit tatsächlichen Begebenheiten oder lebenden oder verstorbenen Personen rein zufällig.

1.

Du bist wieder in Passau. Zum ersten Mal seit mehr als einem Jahrzehnt. Gekräuseltes Wasser, auf dem Sonnenfunken gleißen. Du sitzt auf derselben Bank an der Ortsspitze wie damals mit Thea. Schaust auf den Zusammenfluss von Donau und Inn, die sich hier zum breiten Strom vereinigen. Jetzt, im Mai, wirkt alles friedlich, Enten ziehen ihre Bahnen, die Rufe spielender Kinder.
 Alles ist anders als beim letzten Mal. Erinnere dich, Anne. Nimm dein Tagebuch zur Hand, lies und erinnere dich.
 Der Inn war wütend. Während er gierig Land in sich hineinschlang, als müsste er sich etwas beweisen, floss die Donau gleichmütig dahin, knapste nur hier und da ein wenig von den Uferstraßen ab. Es war, als würde sie leise in sich hineinlächeln über den Emporkömmling an ihrer Seite. Und doch schien dir, als ob nicht die Donau, sondern der wütende Inn nach Wien, nach Budapest, nach

Belgrad flösse. Thea hatte mit ihren acht Jahren noch kein Hochwasser erlebt. Es war ihr unheimlich. Doch als du mit ihr zum Hotel zurückgingst und ihr den Feuerwehrleuten beim routinierten Aufbau der stählernen Stege zusaht, die dafür sorgten, dass Fußgänger trockenen Fußes durch die Altstadt kämen, hörtet ihr die Feuerwehrmänner pfeifen und lachen. Alles wirkte so eingespielt, so normal, dass auch Thea sich zu entspannen begann. »Wir Passauer sind hochwassererprobt, da müsste schon gleichzeitig ein Vulkan ausbrechen, damit wir in Panik geraten«, erzählte euch die Gastgeberin einer spontanen Hochwasserparty in ihrem winzigen Gartengrundstück. Sie hatte eingeladen, als du mit Thea vorübergingst und die Rosen bewundertest. Dann saßt ihr mit den Fremden und trankt alkoholfreien Punsch, während der Fluss bereits den Vorgarten streifte. Es war ein unwirklicher Moment, aber schön – schön, weil die Menschen freundlich waren und weil Thea eine stille Freude ausstrahlte, für kurze Zeit ihre Ängste vergessen hatte.*

Lass dich nicht wegtragen von den Erinnerungen, von deinem Schmerz. Bleib fokussiert, Anne! Wie spät ist es?

Zeit, ins Hotel zurückzukehren.

Du gehst am Schaiblingsturm vorbei, über Schwabgäßchen und Schustergasse Richtung Dom. Du liebst die engen Pfade und unerwarteten Durchlässe, die sich zwischen den Häusern auftun. Mit Thea warst du damals stundenlang durch die Altstadt spaziert und hattest jeden Winkel erkundet. Passau, hattest du ihr erzählt, war die Stadt, aus der ihre Oma stammte, und wenn ihr nur genau hinhörtet, gäbe es Geschichten zu erlauschen von der Frau, die zu früh gestorben war.

Zu früh, um für dich und Thea da zu sein.

Du gehst durch die immer dunkle Innbrückgasse und den Innbrückbogen, dann überquerst du auf der Marienbrücke den Fluss. Du gehst schneller, dein Hotel ist noch eine Viertelstunde entfernt.

Erinnere dich, Anne: Du warst unmittelbar nach Abschluss deines Pharmaziestudiums schwanger geworden. Du wolltest das Kind behalten, auch wenn Tom, der sich für Ärzte ohne Grenzen beworben hatte, dir klarzumachen versuchte, dass es mit einem Kleinkind schwierig würde, nach Afrika zu gehen. Ihr habt euch mehr als einmal darüber gestritten, wart euch uneins bis zu dieser Nacht im November. Der Nacht, in der Tom auf dem Heimweg von einem Konzert, das er mit Freunden besucht hatte, die Streckenverhältnisse falsch eingeschätzt, das Lenkrad verrissen hatte und mit seinem Auto gegen einen entgegenkommenden Wagen geknallt war. Nun war es keine Frage mehr, ob du Thea behalten würdest. Sie war das Einzige, was dir von Tom geblieben war. Du musstest sie allein großziehen, deine Eltern waren lange tot, und von Toms Eltern war nichts zu erwarten – schließlich wart ihr nicht einmal verheiratet gewesen.

Du bist zurück in deinem Hotel in der Innstadt. Ein Hotel, das größtmögliche Anonymität verspricht. Du hast unter falschem Namen eingecheckt, dein Auto steht auf einem öffentlichen Parkplatz. Du gehst ins Bad, in dem eine schwache Neonröhre funzelt, und nimmst die blonde Perücke ab, die falschen Augenbrauen und die angeklebten Wimpern. Während du dich abschminkst, blickst du in den Spiegel und siehst eine fremde Frau: kahlköpfig, mit abgemagertem Gesicht und eingefallenen Wangen. Wer bist du?, fragst du dich. Und gibst dir selbst zur Antwort: Ich bin die Frau, die heute Nacht drei Menschen töten wird.

2.

Als Thea sechs Jahre alt war, hatten die Ängste begonnen. Die Albträume, die sie und dich nicht mehr als zwei Stunden am Stück schlafen ließen. Du dachtest, dass es mit der Schule zusammenhing, dass es vorübergehen würde, wenn sie erst einmal Freundinnen gefunden hätte. Doch dann nässte sie ein, und du gingst mit ihr zu einem Kinderpsychologen. Er diagnostizierte eine Angststörung und Sozialphobie in ungewöhnlicher Ausprägung für dieses Alter. Mit kurzen Unterbrechungen blieb Thea bis zu ihrem Abitur in Therapie. Immer, wenn du dachtest, ihre psychische Situation hätte sich gebessert, geschah wieder etwas, das sie zurückwarf und euch nach neuen Therapiemethoden suchen ließ. Erst, als sie sich mit Frida aus der Nachbarklasse angefreundet hatte und die beiden jede freie Minute miteinander verbrachten, wurde es besser. So warst du nicht überrascht, als dir die zwei eröffneten, zum Studium in eine entfernte Universitätsstadt gehen und miteinander wohnen zu wollen. »Bist du dir sicher, dass du das packst?«, hattest du Thea gefragt, und sie hatte gestrahlt und geantwortet: »So sicher, wie ich mir nur sein kann, Mom.«

Du hattest Frida immer gemocht. Sie war freundlich, aufmerksam, empathisch, wäre für Thea durchs Feuer gegangen. Du warst dir sicher, dass sie auf dein Mädchen achtgeben würde.

Ein Semester lang schien das auch der Fall zu sein. Dann kam Thea in den Weihnachtsferien nach Hause, und du nahmst sofort wahr, dass sich etwas verändert hatte. Sie war abweisend und schroff, zog sich sofort in ihr Zimmer zurück und kam nur daraus hervor, wenn sie auf der Jagd nach Essen war. Als du sie darauf ansprachst, blieb sie einsilbig. Also gingst du zu Frida, die erzählte, dass sie sich neu erfinden wollten. Sie hatten sich endlich einem Freundeskreis angeschlossen, besuchten Mittelaltermärkte und trafen sich zu Rollenspielabenden. Auch wenn dir diese Szene fremd war: Wenn es Theas Weg wäre, würdest du ihn respektieren.

Dann blieben ihre Anrufe ganz aus. Zu Beginn ihres Studiums hattet ihr verabredet, jeden zweiten Abend miteinander zu telefonieren. Daraus war ein wöchentlicher, schließlich ein monatlicher Anruf geworden, der von Mal zu Mal kürzer ausfiel. Dir fehlte der Kontakt, du wolltest die Stimme deines Mädchens hören – aber gut, auch das solltest du akzeptieren. Vielleicht hatten deine Freundinnen recht, wenn sie sagten: »Du bist overprotective, Anne. Lass dem Mädchen seinen Freiraum. Dafür ist so ein Studium ja da!«

Es kam der Tag, an dem du diese eigenartige Nachricht von Thea auf deiner Mailbox fandest. Sie hatte sie nachts um drei Uhr aufgesprochen, mit nüchterner, aber doch irgendwie entrückter Stimme:

Mom, wir sehen uns wieder, das weiß ich sicher.

Du versuchtest den ganzen Tag, sie zu erreichen, aber du hörtest immer nur die metallisch klingende Ansage: *The person you've called is temporarily not available.* Auch Frida war nicht zu erreichen. Als du beschlossen hattest, die Apotheke zu schließen, um nach Thea zu sehen, als du gepackt hattest und endlich reisebereit warst, klingelten die beiden Kripoleute bei dir.

Der Körper deines kleinen Mädchens war nicht freigegeben. Thea und Frida hatten sich in der Nacht vergiftet.

3.

Du warst wie unter Wasser gezogen. Die Worte der anderen drangen nicht zu dir durch, klangen gedämpft, du hattest Mühe, ihren Sinn zu erfassen. Sie sagten: *Du musst die Beerdigung organisieren, Anne. Musst nach dir selbst sehen, Anne. Lernen, damit zu leben, Anne.*

Du wolltest die Beerdigung nicht organisieren. Wolltest nicht nach dir selbst sehen. Nicht lernen, damit zu leben.

Die Stimmen sagten, das sei völlig normal, eine normale Trauerreaktion. Dass es nicht besser, aber anders werde, und dass dies schon eine Erleichterung sei. Dass du dir aber, wenn es auch nicht anders werde, Hilfe holen müsstest.

Erinnere dich, Anne: Du wolltest verstehen, was geschehen war. Du bist zu den beiden Kripoleuten gegangen, die dir die Todesnachricht überbracht hatten. Der eine wies dich ab, doch der andere hatte selbst eine Tochter in Theas Alter, und er traf sich mit dir. Heimlich. Erzählte, er dürfe das nach Aktenlage eigentlich nicht sagen, weil Theas vollendeter und Fridas versuchter Selbstmord eindeutig als Suizide gewertet wurden. Aber da sei noch etwas ... die Kollegen in der Unistadt gingen davon aus, dass diese Selbstmorde Teil eines Kultes seien.

Du hattest Mühe, dich zu beherrschen. »Was denn für ein Kult?«, fragtest du.

Der Kripomann senkte den Kopf, sprach zum Tisch hin. Dass Thea in einer religiösen Gemeinschaft gewesen sei. In deren Mittelpunkt stehe ein Psychologe mit zwei seiner

Lieblingsfrauen. Sie suchten Mädchen mit auffälliger Psychostruktur – vielleicht gehe es dabei auch um sexuelle Beziehungen, aber das wisse man nicht genau. Jedenfalls glaubten sie an Reinkarnation und ihre daran geknüpfte Mission als Auserwählte, sähen sich als Weltenerneuerer. Die Toten verließen ihr jetziges Dasein, um an einem anderen Ort und zu einer anderen Zeit eine neue Welt zu erschaffen.

»Thea soll einen solchen Blödsinn geglaubt haben? Wollen Sie mir damit sagen, dass jemand meiner Tochter befohlen hat, sich umzubringen?«, fragtest du.

Der Mann zuckte mit den Schultern.

»Aber Sie vermuten es – und unternehmen nichts ...?«

Twens, die einen Selbstmordplan schmieden – das komme öfter vor. Und selbst wenn der Suizid befohlen wurde: Die Polizei könne das nicht beweisen.

Du hast den Kripomann angesehen. Er saß in sich zusammengesunken da und vermied deinen Blick. Er dachte an seine Tochter. Er *hatte* noch eine Tochter. Und er sorgte sich um sie.

4.

Danach hast du eine Selbsthilfegruppe für die Angehörigen von Gewaltopfern besucht. Während der Treffen ging es dir erstaunlich gut, doch sobald du wieder zu Hause warst, kreisten deine Gedanken wie zuvor. Kreisten um den immer selben Punkt.

Und dann, auf einem der Treffen, sprach es einer aus: »Ich weiß, dass man das hier eigentlich nicht sagen darf – aber wenn es Auge um Auge noch geben würde, würde ich mich besser fühlen. Die Vorstellung, dass dieser Dreckskerl genauso leiden muss wie ich ...«

Du bist nach dem Treffen nach Hause gegangen. Dort angekommen, wusstest du: Er hat recht, dir geht es genauso. Rasend vor Wut bist du durch die Wohnung gerannt und hast zerschlagen, was dir in die Finger kam. Hast mit bloßen Händen auf die Küchenschränke eingedroschen und auch nicht aufgehört, als dir bei jedem Schlag dein eigenes Blut entgegenspritzte. Deine Nachbarn riefen die Polizei, die Polizisten den Notarzt, der dir ein Beruhigungsmittel verabreichte, um deine Hände verbinden zu können.

Tags darauf bist du zu Fridas Eltern gefahren. Sie sahen deine bandagierten Hände und haben dich mit mitleidvollen Gesichtern hereingebeten. Du wolltest mit Frida reden, aber sie sagten, sie sei noch immer in der Psychiatrie, wisse nicht, dass Thea tot sei. Sie wollten nicht, dass du mit ihr sprichst, sie hatten Angst, dass sie einen zweiten Versuch unternehmen könnte. Es war auch bei ihr knapp gewesen, sie hatte das Gift nicht bei sich behalten können, der Notarzt, den die Nachbarn gerufen hatten, hatte sie in ihrem eigenen Erbrochenen liegend gefunden.

Du kanntest diese Leute nicht gut – von Elternabenden mit anschließendem Small Talk über die Töchter. Trotzdem hast du sie zum Reden gebracht.

Im Gegensatz zu Thea hatte ihre Freundin noch lange Kontakt gehalten. Hatte ihren Eltern erzählt, dass sie die Kultleute auf einem Mittelaltermarkt kennengelernt hatten, den die Freundinnen miteinander besuchten. Sie hatten sich auf Anhieb verstanden, wurden zu Treffen eingeladen, bei denen die Stimmung außerordentlich herzlich gewesen sei. Sie hatten sich so aufgehoben, geborgen und sicher gefühlt – und Thea hatte ihre Ängste und Phobien fast vollständig verloren. Dann hatte der Führer von ihnen immer mehr Zugeständnisse verlangt. Sie wurden angehalten, sich von allen loszusagen, die keine Einweihung erhalten hatten und deshalb auch nichts von ihren geistigen Potenzialen wussten, nicht verstanden, wer sie wirklich seien und worum es in diesem Leben gehe. Frida war lange hin und her gerissen, Thea stürzte sich in ihre neue »Familie« und erfüllte alle Bedingungen. Bis hin zur Katastrophe.

Fridas Eltern wussten nicht, wer der Führer war, aber sie kannten den Namen einer Frau aus dem Kult, mit der sich Frida und Thea angefreundet hatten. Sie lebte mit einer anderen Frau irgendwo in Niedersachsen.

Erinnere dich, Anne: Du bist nach Hause gefahren, hast den Computer angeworfen. Binnen Stundenfrist konntest du dem Namen eine Adresse zuordnen. Du hast ein Zimmer in einem Instanthotel in Gifhorn gebucht und fuhrst los.

5.

Das Haus lag in einer Kleinstadt, in einer Siedlung mit neuen Einfamilienhäusern. Das Türschild lautete auf die dir bekannten Namen, doch für dich nanntest du sie nur 1 und 2. Du wolltest ihnen keine Namen zugestehen.

Du hast wiederholt an der Tür geklingelt. Nichts geschah. Bist zurück ins Auto und hast gewartet. Du wolltest die Frau konfrontieren, sobald sie nach Hause käme. Doch nichts geschah. Als die Nachbarn auf dich aufmerksam geworden waren und unter dem Vorwand, den Hund Gassi zu führen, immer wieder an deinem Wagen vorbeikamen, bist du ausgestiegen und hast sie angesprochen. Du seist eine

Cousine von 1 und mit ihr verabredet, doch sie öffne nicht. Die Nachbarn sagten, dass sie sich auch wunderten, sie hätten die beiden seit Tagen nicht gesehen. Aber das Auto stehe im Carport, weit könnten sie nicht sein.

Plötzlich dieses Ziehen in deiner Magengrube. Du kennst es, hattest es zum ersten Mal in der Nacht, als Tom starb. Du hast dir den Carport genauer angesehen, im Hotel eingecheckt und gewartet, bis es dunkel war. Dann bist du zurück zum Haus von 1 und 2, in dem kein Licht brannte. Du hast die Tür, die vom Carport direkt in den Keller des Hauses führte, mit Spanner und Tropfendiamant geöffnet. Einfache Schlösser zu knacken, ist keine Herausforderung für dich, man hatte es dir in Afrika beigebracht, als du als Pharmazeutin für Ärzte ohne Grenzen gearbeitet hast. Du musstest in der Lage sein, Medikamentenvorräte zu öffnen, für die es keine Schlüssel mehr gab – und keinen Schlüsseldienst, der dies übernehmen konnte.

Dann hast du im Keller gestanden und gelauscht. Keinerlei Geräusch. Du musstest dich mithilfe der Taschenlampen-App deines Smartphones orientieren, bist sachte die Kellertreppe nach oben gestiegen, Stufe um Stufe, und hast die Tür zur Wohnung geöffnet. Ein atemraubender Geruch. Du hast dein Taschentuch genommen, es vor die Nase gehalten, und wusstest sofort, was geschehen war.

Die Leichen von 1 und 2 lagen auf der Wohnzimmercouch, sie hatten die gleichen mittelalterlichen Kleider an, die auch Thea und Frida getragen hatten. Auf dem Tisch stand ein offenes Fläschchen mit einer trüben Flüssigkeit. Du hast es mithilfe deines Taschentuchs angehoben und daran gerochen. Eine charakteristische Note, auch ohne Analyse wusstest du, dass es dasselbe Gift war, das deine Tochter getötet hatte.

Du hast dich in der Wohnung umgesehen. Fandest zwei mit unterschiedlichen Handschriften unterschriebene Zettel: *Wir sehen uns wieder, das wissen wir sicher.*

Dann: ein Laptop. Unverschlüsselt, du konntest ihn ohne Passwort booten und nahmst ihn mit. Auf dem Weg zurück nach Gifhorn dachtest du darüber nach, die Polizei unter falschem Namen zu informieren. Doch du hast den Gedanken verworfen. Du warst unvorsichtig genug, keine Handschuhe zu tragen, hattest Spuren in der Wohnung hinterlassen. Sie würden die Kripo womöglich zu dir führen, bevor du deine Aufgabe erledigt hättest. Außerdem waren die beiden Frauen mitverantwortlich für Theas Tod. Sie hatten es nicht besser verdient. Früher oder später würde man sie finden.

Im Hotel hast du den Computer dann durchsucht, aber die meisten Dateien waren gelöscht. Aktuelle Mails konntest du nicht abrufen, weil du dafür ein Passwort gebraucht hättest, doch im Archiv fandest du eine Mail mit der Adresse des Führers. Und die »Erlaubnis« für den Suizid von 1 und 2.

Du wolltest den Laptop wieder schließen, ihn in den nächsten Fluss werfen, als dein Instinkt dir riet, in den Papierkorb zu sehen. Und da war sie: eine ältere Mail mit der Info, dass der Führer mit seinen beiden Lieblingsfrauen kommendes Wochenende drei Nächte in einer Hotelpension in Passau verbringen würde. Sie wollten während einer Rollenspielmesse neue Leute werben für den Kult, für die Erneuerung der Welt.

Zwei Tage, um dich vorzubereiten, Anne!

6.

Du bist nach Passau gefahren, hast dich in einem mehr oder weniger anonymen Hotel in der Innstadt einquartiert – die Pension, in der die drei Kultleute abgestiegen waren, wäre zu riskant gewesen. Hotelgäste würde die Polizei intensiv befragen, und wenn herauskäme, dass man dich vor dem Haus von 1 und 2 gesehen hatte ...

Du hast im Hotel dein Kopfhaar und die Augenbrauen abrasiert. Hast deine Wimpern geschnitten und dich für die blonde Perücke entschieden. Dazu eine Brille, die aus dir eine graue Maus machte. So bist du nachmittags in die Nähe der Pension gefahren. Dein Auto hast du hinter der Triftsperre geparkt.

Als du mit Thea in Passau gewesen warst, hattet ihr Spukgeschichten gehört: der Geist einer Frau sollte hier umgehen. Erinnere dich, Anne: *Auch am helllichten Tag war es stockdunkel in diesem grob in den Fels getriebenen Tunnel, ihr brauchtet Taschenlampen, um ihn sicher zu durchqueren. Die Nässe, die Wärmebrücken im Gestein – dir liefen Schauer über den Rücken. Kein Wunder, dass die Menschen hier Geistern zu begegnen glaubten! Doch Thea überraschte dich: Die Angst, die ihr Leben bestimmte, zeigte sich hier nicht, das Mädchen war mutiger als du, wollte den Tunnel nach Einbruch der Dunkelheit noch einmal passieren. Du hast dich gesperrt, in der Dunkelheit war dies kein Ort für Frauen.*

Als du heute durch den Tunnel gingst, spürtest du nichts. Du warst nur fokussiert. Ebenso im Restaurant der Hotelpension, wo du auf jedes Detail geachtet hast. Am Nachbartisch empörten sich Pensionsgäste, dass sie den ganzen Tag nicht duschen konnten, weil es kein warmes Wasser gab.

Da viel los war und niemand von dir Notiz nahm, gelang es dir, auf dem Weg zu den Toiletten einen Blick ins Reservierungsbuch zu werfen. Du fandest die Raumnummer, in der 3, 4 und 5 abgestiegen waren: ein Dreibettzimmer. Wollten sie darin ihre perversen Sex- und Psychospiele ungestört ausleben?

Du hast dich im Korridor umgesehen, in dem ihr Zimmer liegt. Hast an der Tür gelauscht. Kein Laut. Vermutlich waren die drei auf der Messe. Du kehrtest, von Gästen und Angestellten unbemerkt, zurück an deinen Tisch, hast bezahlt und bist in die Altstadt gefahren. Hast gelesen in deinem Tagebuch eurer gemeinsamen Passau-Reise.

Nun bist zu zurück in deinem Hotel. Der Rucksack ist gepackt. Du legst dich, in schwarzen Jeans und schwarzem Hoodie, auf das Bett, starrst an die Decke und lässt Erinnerungen an Thea kommen.

Wie du dieses Wesen, klein und blass und verletzlich, ganz unbeholfen zum ersten Mal in den Händen hieltest und Angst hattest, alles falsch zu machen.

Wie sie ihren ersten Milchzahn verlor und weinte.

Wie sie ihre erste Verliebtheit überwand und weinte.

Wie sie in der Aufbahrungshalle lag, klein und blass und verletzlich, nicht eine einzige Falte auf der Stirn, um die Augen, um den Mund.

7.

Du weißt, dass es nicht leicht sein wird, unbeobachtet in die Pension zu kommen. Da es kein anonymer Hotelkomplex ist, kannst du nicht einfach reinmarschieren und behaupten, dass du Freunde besuchst. Du wartest darauf, dass es dunkel wird und die letzten Gäste zurückkehren. Dann ziehst du dir Handschuhe und eine Sturmhaube an und hältst auf die Rückseite des Gebäudes zu. Das Toilettenfenster hast du nachmittags so präpariert, dass es sich nicht mehr versperren, doch von außen mit Druck auf die richtige Stelle aufpressen lässt. Das Warten hat deine Glieder steif gemacht, du brauchst drei Anläufe, bis du dich ins Innere der Toilette gewuchtet hast. Endlich geschafft, steht dir Schweiß auf der Stirn. Er riecht unangenehm metallisch.

Die Tür zu den Toiletten ist abgeschlossen, aber für dich kein Hindernis. Ebenso wenig wie die Tür zum Putzmittelraum auf der Etage, auf der sich das Dreibettzimmer befindet. Du knackst das Schloss und schlüpfst hinein. Ethanol und Zitronengeruch. Es ist enger, als du dachtest. Aber das ist gut, so läufst du nicht Gefahr, müde zu werden. Du wirst Geduld brauchen. Im dunklen Korridor, in den du blickst, siehst du Lichtstreifen unter allen Zimmertüren außer am Dreibettzimmer. Du nutzt einen ruhigen Moment, ziehst aus deinem Rucksack eine Flasche mit teurem Prosecco und stellst sie vor dem Raum von 3, 4 und 5 ab. Sie trägt die Notiz: *Aufmerksamkeit des Hauses – als kleine Entschädigung für den Warmwasserausfall.*

Du musst in dieser Nacht zuschlagen. Am nächsten Tag wollen 3, 4 und 5 wieder abreisen, nur hier und heute hast du sie alle unter einem Dach.

Du wartest. Konzentrierst dich auf deinen Atem. Zählst die Atemzüge. Bei zehn fängst du von vorn an.

Dann: gedämpfte Stimmen. Du öffnest die Tür einen Spaltbreit. Siehst eine Hand nach dem Prosecco greifen und im Zimmer verschwinden. Du wirst Geduld brauchen. Du zählst und atmest, zählst und atmest, zählst und atmest.

Schließlich sagt dir die innere Stimme, dass es Zeit ist – die K.-o.-Tropfen im Prosecco hätten ihre Arbeit getan. Du blickst auf die Uhr: 2.15 Uhr. Umsichtig ziehst du den fabrikneuen Einwegoverall an, den du von einem Einsatz für Ärzte ohne Grenzen in einem Ebola-Gebiet mitgebracht hattest, mitsamt Schutzbrille. Bei jedem Schritt auf dem Korridor raschelt der Polypropylen-Anzug ein wenig. Du horchst an der Tür. Dann öffnest du das Türschloss und trittst ein.

8.

Der Mann und eine seiner Frauen liegen wie achtlos hingeworfene Puppen auf dem Bett. Die zweite Frau ist auf einem Sessel eingeschlafen. Nummer 5. Sie würde dein, würde Theas verlängerter Arm werden.

Du holst Theas Armbrust aus dem Rucksack. Sie ist eines der wenigen Stücke, das du beim Ausräumen ihrer Studibude als Andenken mitgenommen hast. Sie hatte sie geliebt, sie war Teil der Ausrüstung ihres Charakters bei Live-Rollenspielen. Fridas Eltern hatten erzählt, dass die Mädchen ein intensives Schießtraining absolviert hatten.

Nun würden 3, 4 und 5 durch Theas Armbrust sterben.

Natürlich wird es Aufsehen erregen, mehr, als wenn du sie einfach vergiftest ... doch das bist du Thea schuldig. *Deiner* Thea, wie sie war, bevor sie von diesen Leuten indoktriniert wurde. Außerdem wird die Polizei bei ihren Ermittlungen feststellen, dass alle in dieser Gruppe Waffennarren waren und selbst Armbrüste besaßen. Im Nachhinein werden sich die Puzzleteile zusammenfügen.

Niemand erwacht. Die K.-o.-Tropfen, die du selbst gemischt hast, erfüllen ihren Zweck. Du tötest den Führer und eine der Frauen vollkommen lautlos mit der Armbrust. Du bist selbst überrascht, wie leicht es dir fällt, auch wenn du mehrmals in Schläfe und Herz schießen musst, um sicherzugehen, dass sie wirklich tot sind. Dann nimmst du die Hände der anderen Frau und verteilst ihre Fingerabdrücke auf der Waffe. Du führst ihren Arm, führst ihn an die Schläfe – bis dir einfällt, dass du etwas vergessen hast. Du nimmst ein Fläschchen und eine Spritze aus deinem Rucksack, ziehst sie auf und rammst sie 5 in die Armbeuge. Das Mittel wird den Nachweis von K.-o.-Tropfen bei der Frau unmöglich machen. Das ist wichtig. Ein sedierter Mensch wäre nicht in der Lage, diese Taten auszuführen.

Du legst den Zeigefinger von 5 auf den Abzug der Armbrust. Sie würde sich selbst nicht in die Schläfe schießen – viel zu riskant, dass es schiefgeht! Also setzt du die Waffe an ihre Halsschlagader und drückst ab. Schließt die Augen. Ein Geräusch wie ein Messer, das durch rohes Fleisch reißt. Als du die Augen wieder öffnest, ist deine Schutzbrille mit Blutspritzern bedeckt. Du lässt den Körper niedergleiten. Wartest. Dann fühlst du 5 den Puls. Doch da ist keiner mehr.

Du wischst über die Schutzbrille, um besser sehen zu können. 2.45 Uhr.

Du achtest darauf, nicht in die Blutlache am Boden zu treten, um keine Fußabdrücke auf dem Teppich zu verteilen. Du nimmst Abschied von Theas Armbrust, die 5 aus der Hand gefallen ist. Stellst das halb leere Fläschchen mit den K.-o.-Tropfen, auf dem du noch Fingerabdrücke des Führers platziert hast, auf den Tisch und steckst dafür die leere Prosecco-Flasche und die von dir geschriebene Notiz in deinen Rucksack. Zum Schluss legst du einen Computerausdruck auf den Boden. Darauf die Worte: *Wir sehen uns wieder, das wissen wir sicher.*

Du öffnest die Zimmertür, lugst in den leeren, stillen Korridor. Kehrst zur Toilette zurück, steigst durch das Fenster nach draußen und ziehst es sachte wieder zu.

Tötung auf Verlangen, hatte der Kripomann gesagt, sei eine Methode, mit der Selbstmordkulte häufig arbeiteten. Die Volkstempler-Sekte in Guyana, die Sonnentempler in der Schweiz und Kanada – rechtskräftig verurteilt würde selten jemand.

»Tötung auf Verlangen«, hattest du erwidert, »das ist gut.«

9.

Im Wald hinter der Hotelpension ziehst du den Schutzanzug aus und wickelst ihn in einen Müllsack. Du wirst ihn Hunderte von Kilometern entfernt an einer Autobahnraststätte entsorgen.

Nun sitzt du im Wagen. Du fährst ziellos durch die Nacht. Im Osten siehst du erste helle Flecken am Horizont.

Auge um Auge, Zahn um Zahn, Wunde für Wunde. Fühlst du dich nun besser, Anne?

Fühlst du überhaupt etwas? Solltest du nicht etwas fühlen?

Nein, da ist nichts, gar nichts. Auch keine Befriedigung. Nur die Abwesenheit von etwas, aber du könntest nicht sagen, wovon, und ob es eine gute oder eine schmerzliche Abwesenheit ist.

Nur dein Schweiß, das nimmst du im hermetisch abgeriegelten Innenraum wahr, riecht noch strenger nach Metall.

Dann taucht ein Gedanke auf: Vielleicht wäre, was heute Nacht geschehen musste, abschreckend für andere aus dem

Kult – denn du ahnst, dass es noch weitere Mitglieder geben muss, vielleicht ganz neue, die 3, 4 und 5 im Laufe des Wochenendes in Passau geworben hatten.

Ein Gedanke. Nicht mehr. Und wenn du ehrlich bist, hat er keinerlei Bedeutung für dich.

Erinnere dich, Anne:

Das Hochwasser sollte seinen maximalen Pegel in der Nacht erreichen. Es war ein ruhiger Abend, trocken und wolkenlos. Von beiden Uferseiten wurde die Passauer Altstadt bedrängt, und ihr standet mit vielen anderen Schaulustigen, Einheimischen wie Touristen, auf dem Rathausplatz, voller Erwartung, auch wenn du nicht hättest sagen können, was du eigentlich erwartest. Du hattest Eis gekauft für euch beide, sahst Thea dabei zu, wie ihre Zunge langsam und gleichmäßig über die Kugeln fuhr. Als sie zu dir aufblickte, lächelte sie. Es war das Lächeln von Tom, bevor er dich in den Arm genommen und lange an sich gedrückt hatte.

»Heute geht es uns gut«, hatte Thea gesagt. »Heute geht es uns gut.«

Tommie Goerz
Schwarzhof   CHAM / WUTZSCHLEIFE

Damals, 1969, war er sechzehn gewesen, ein Teenager in voller Blüte. Pickelig pubertär und rebellisch gegen die Eltern, allein schon wegen des täglichen Kampfes um die langen Haare. So lief man nicht herum? Doch. Und zwar nur so! Was er wusste von der Welt, war, dass die, in der er lebte, verlogen war und bigott. War doch klar. Da war alles besser – alles, was von draußen kam, von »seinen« aus der großen Welt, aus England und den USA. Zigtausendmal. Love and Peace, *das* war, was zählte. Sie, die Jungen, sie hatten es kapiert. Die Alten führten doch nur Kriege. Die von hier waren bis vor ein paar Jahren noch selber dabei gewesen, und die aus den USA waren gerade dabei, in Vietnam. Napalm und Agent Orange, die Bilder sah man jeden Tag. Sie aber, die Jungen, hatten Ho-Ho-Ho-Chí-Minh und die Macht der Blumen. Flower-Power. Und die Kraft der Musik, der Drogen. Haschisch und LSD, was man halt so hörte, las oder im Fernsehen sah. Und irgendwann selber ausprobieren würde.

   Zu dieser Zeit hatte er mit seinen Eltern in den tiefsten Wald fahren müssen. Drei Wochen im Sommer, ins hinterste, dunkelste Eck Deutschlands, nur einen Steinwurf entfernt von der tschechischen Grenze, wo damals die Welt aufhörte. Singen und Beten, christliche Gesprächskreise, Bibel lesen und lauter so Zeug. Wandern. Würg. Gott sei Dank waren noch ein paar andere in seinem Alter dort gewesen, die genauso genervt waren von all dem – und von ihren Alten. Der Erich, der Jürgen, die Maria, die Claudia und die Margot, die Schönste von allen. Langes seidiges Haar, das sie mit einer Kopfbewegung immer so nach hinten warf. Groß, schlank und blond, hautenge Jeans. Nein, er, der Konrad, hatte sich natürlich nicht in sie verliebt, das hätte er damals zumindest nie zugegeben, und es hätte auch gar keinen Zweck gehabt. Denn um sie hatte sich sofort der Seppi gekümmert, der Sohn des Wirtes vom *Waldheim* an der Wutzschleife, so hieß der alte Gasthof am Ufer der Schwarzach, in dem die christliche Gruppe wohnte. Der »Hauers Seppi«, wie er sich vorstellte, gleich alt wie Konrad, war noch ein Stück größer als er und schon ein richtiger Kerl, mit Muskeln und breiten Schultern – und einer blonden Mähne, auf die man neidisch sein konnte. Musste. *So* lange Haare *so* weit hinten im Wald! Der Seppi kam ihm vor wie einer aus der großen Welt. Aus der, die zählte. Wie einer, der wusste, was Sache ist, und der auch zupacken konnte. Der Seppi hatte Kraft, das sah man. Kein Wunder, dass die Margot für ihn war, und spätestens am dritten Abend war das auch klar. Der Diakon, der die Freizeit begleitete, hatte die Lage unter den Jugendlichen schnell erkannt und alle nach dem Abendessen zu einer Stunde mit moderner Musik geladen, »ihrer« Musik, um ihre Stimmung aufzuhellen. Hatte im Speisesaal einen *Mister Hit* auf den Tisch gestellt und *Venus* von Shocking Blue aufgelegt, *Honky Tonk Women* von den Stones und *Tommy* von The Who, und sie hatten in wildem Tanz mit ihren Körpern gezuckt und die Köpfe mit ihren hart erkämpften langen Haaren geschüttelt, eben *Beat* getanzt wie in ihren Jugendclubs daheim. *Das* war die große Welt. Die Eltern hatte das nur belustigt. Dann aber hatte der Diakon ohne jede Vorwarnung *Je t'aime* aufgelegt. *Je t'aime, je t'aime, oh oui, je t'aime. Moi non plus, oh, mon amour...* Da waren die Eltern entsetzt gewesen, und nicht nur seine. Denn als die kleine runde Single, auf der Jane Birkin und Serge Gainsbourg vor sich hin schmachteten, anfing, sich auf dem Teller zu drehen, schmiegten sich die Jugendlichen wie auf Kommando paarweise in engster Umarmung aneinander, so, dass einem die Haare des anderen im Gesicht kitzelten, schlossen die Augen und bewegten sich im langsamen Wiegeschritt zu dem Hit aus Frankreich. Machte man so, nannte man *Blues*. Was gab es da für einen Grund, entsetzt zu sein? Eltern waren so was von peinlich und von gestern! Und dann, plötzlich, mitten im Lied, ging schlagartig die Tür auf, der alte Hauer, er hatte wohl von draußen durchs Fenster gespäht, polterte herein, riss den Seppi von der Margot weg und haute ihm eine rein, dass es nur so klatschte. Ansatzlos und ohne jeden Kommentar. Dann zog er ihn hinaus in den Abend. Die Stimmung war schlagartig versaut. Allerdings: Von dem Abend an hielten Seppi und Konrad zusammen, es war wie eine geheime Absprache. Ein kurzer Blickwechsel nur – und zwischen den beiden war alles klar.

Schon am nächsten Tag, Seppi war natürlich vom Abend zuvor nichts anzumerken, zogen sie gemeinsam los, sie hatten sich wie gefunden. Eine Wellenlänge, brauchte man nicht drüber zu reden. Sie stromerten durch den Wald, knatterten mit einer alten NSU Quickly die Wege entlang, Konrad immer mit abgespreizten Beinen hinten auf dem Gepäckträger, hatten viel Spaß, warfen sich in den kleinen Stausee der Schwarzach, der für die Turbine der Wutzschleife war, und aalten sich in der Sonne.

»In ein paar Jahren ist das hier alles weg«, sagte Seppi irgendwann, als sie wieder einmal aus dem Wasser stiegen, und zeigte hinüber zum *Waldheim*.

»Alles weg? Wieso?«

»Das alte Gelump da wird alles abgerissen«, sagte er verächtlich, »und wir bauen neu, weiter droben. Viel größer. Weil die Schwarzach wird aufgestaut, sie bauen drunten einen Staudamm für den Strom. Wir kriegen dann hier einen großen See«, zeigte er mit einer visionären Handbewegung.

Wir bauen neu, hatte der Seppi gesagt, mit einer Selbstverständlichkeit, als wäre es sein Plan und als würde er selber bauen. Konrad war beeindruckt, der Seppi war so ganz anders. Er wuschelte seine nassen Haare durcheinander, damit sie wilder und verwegener wirkten, und dachte nach. »Wenn aber das Wasser bis hier oben steht«, fragte er, »was passiert dann mit den Häusern weiter unten? Und mit den Menschen?« Denn das war ja wohl klar: Die Häuser weiter unten lagen alle flussabwärts, also tiefer. Sie würden folglich alle absaufen.

»Ist doch logisch: Die kommen weg, werden abgerissen, also die, die noch stehen.«

»Sind denn schon welche weg?«

Seppi lachte. »Freilich. Sie wollen doch schon bald anfangen mit dem Aufstauen. Die Obermühle drunten haben sie schon weggesprengt. Und Seebarnhammer auch, ist schon komplett plattgemacht. Nur den Hammer selbst nicht, also das Haus, wo der Hammer drin ist. Das wollen sie abtragen und hier oben wieder aufbauen, als Museum. Da bin ich drauf gespannt.«

»Hm. Aber ... was ist mit den Leuten, die da gewohnt haben? Und was wird aus denen, die da jetzt noch wohnen?« Konrad schüttelte den Kopf. Das ist ja wie im Krieg, dachte er, wenn man vertrieben und einem alles weggenommen wird, was man hat, und man wegmuss. Das war schon eine komische Vorstellung. Bei ihm daheim nämlich lebten viele

Egerländer, die man im Krieg vertrieben hatte und die oft davon erzählten.

Der Seppi winkte ab. »Ach, die kriegen doch alle Geld und können sich woanders was Neues kaufen oder bauen. Viel Geld. Wir ja auch. Und bauen damit, viel größer und schöner, vor allem moderner.«

»Und die Leute geben ihre Häuser einfach so auf und ziehen weg?«

Seppi schüttelte den Kopf. »Nee, da sind schon ein paar, die sich sträuben. Die ihr altes Gelump behalten und dableiben wollen. Aber die haben keine Chance, es hilft ja nichts. Die Leute müssen weg, ob sie wollen oder nicht. Und wer nicht freiwillig verkauft und fortzieht, dem nimmt man sein Zeug, dann muss er auch weg. Also besser, er verkauft. Logisch, oder?« Er warf einen Stein ins Wasser. »Die meisten gehen aber schon freiwillig«, fuhr er fort, »weil sie sich etwas Besseres kaufen und bauen können. Und weißt du, was toll ist? Viele nehmen nicht mal alles mit. Die lassen das, was sie nicht mehr brauchen, einfach da.« So war er auch, erzählte er Konrad, an seine NSU Quickly gekommen. Hatte sie in einem alten Schuppen entdeckt, drunten in der Höllmühle, und sie mitgenommen. Die Reifen aufgepumpt, den Vergaser sauber gemacht, die Kontakte der Zündkerze abgeschmirgelt, einen neuen Kondensator rein, den gerissenen Bremszug erneuert – und ab ging die Post. »Die haben das Moped einfach stehen lassen, als sie weg sind, das hat keiner mehr gewollt.« Die Höllmühle sollte demnächst für den Damm abgerissen werden. Ja, der Seppi kannte hier alles und jeden, kannte sich überall aus. Konrad hingegen wusste nicht einmal so genau, was eine Zündkerze war, geschweige denn, wie ein Vergaser aussah oder funktionierte. Ein Kondensator? Bisher hatte er noch nicht einmal das Wort gehört.

Seppi stand auf. »Weißt was? Wir fahren mal runter nach Eixendorf. Da stehen schon drei Höfe leer, das ist super zum Stöbern. Hopp!« Schon sprang er auf seine Quickly, öffnete den Benzinhahn, zog den Choke und trat mit den Pedalen los. Der Motor sprang an, er gab kurz Gas, wendete halsbrecherisch, knatterte zu Konrad zurück, blieb stehen, schob den Choke wieder rein und ließ das Gas aufheulen. »Steig auf!« Los ging's, den holperigen Fuhrweg am Ufer entlang.

Nach ein paar Kilometern hielt er an. Vor ihnen auf einer Wiese lag ein Ort. »Da isses. Eixendorf.« Seppi ließ Konrad absteigen, machte das Moped aus und lehnte es an einen Baum. »Aber wir müssen Obacht geben, weil droben wohnt noch der Kastner. Wenn der uns sieht ... uiuiui. Ist nämlich verboten, und der passt auf wie ein Schießhund.« Er lachte. »Der hat mich schon mal erwischt. Wenn er kommt, müssen wir halt rennen.«

Konrad war mulmig, ihm gefiel das nicht. Seppi jedoch winkte nur lässig ab. »Los!« Er huschte, geduckt wie im Film, über die Wiese und auf den ersten Hof zu, Konrad mit klopfendem Herzen hinterher. Drunten kauerten sie sich hinter einen alten Schuppen und verschnauften, Seppi sondierte die Lage. Bretter lagen herum, eine rostige Egge, drüben ein Haufen Steine, ein umgestoßener Hackstock, ein Misthaufen, Schlammpfützen auf dem Hof. Fensterscheiben waren eingeschlagen, dahinter war es schwarz, vom Dach fehlten ein paar Ziegel. Seppi nickte ihm zu, huschte hinüber und drückte die Tür zum Wohnhaus auf. Sie quietschte in den Angeln.

Die meisten Räume waren leer, in einem lag ein alter Schrank auf dem Boden, umgestoßen, Spinnweben hingen von der Decke. Ein Uraltholzherd in der Küche, die Klappen offen, das Ofenrohr aus der Wand gerissen, die Ofenringe verstreut auf dem Boden. Zusammengeknüllte Zeitungen, überall Unrat und Müll, auch Scherben, ein paar leere Flaschen. Vorhänge hingen halb abgerissen von den Stangen. Irgendjemand muss hier gewütet haben, dachte sich Konrad. Vielleicht der Seppi ...? Er traute sich nicht zu fragen.

Von Raum zu Raum wich ihre Befangenheit, sie wurden lauter, mutiger, frecher. Übermütiger, vergaßen jede Vorsicht, blödelten herum – bis plötzlich die Tür aufgestoßen wurde und breitbeinig ein Riese auf der Schwelle stand. »Hab ich euch, ihr Lumpen! Was habt ihr hier zu suchen?«

»Der Kastner!«, zischte Seppi, und Konrad rutschte das Herz in die Hose. Warum nur hatte er sich auf dieses Abenteuer eingelassen? Scheiße. Der Seppi aber war ganz anders: Der sah den Bauern herausfordernd an und kniff die Augen zusammen. Konrad stockte der Atem. Wollte sich der Seppi tatsächlich mit diesem Hünen anlegen?

»Das ist doch schon wieder die kleine Ratte vom *Waldheim* droben an der Wutzschleife. Hab ich dich nicht erst letzte Woche hier verjagt? Langhaariger Nichtsnutz. Aber jetzt hab ich dich!« Er drohte mit seiner riesigen Pratze, doch da, unglaublich schnell und gewandt, stieß ihn der Seppi zur Seite und war schon zur Tür hinaus. Ein Satz, und einfach so durchgeschlüpft, fast gesprungen. Und er, Konrad? Saß in der Klemme. Er musste jetzt auch hier raus und Seppi hinterher – aber wie? Ihm war sonnenklar, dass er das nie schaffen würde. Nicht so wie der Seppi. Aber vielleicht gab es einen anderen Ausweg? Er blickte nach rechts zur Tür des Nebenraums – ein Fehler. Ruckzuck hatte ihn der Kastner am Schlafittchen. Blitzschnell hatte der zugepackt und drehte ihn zu sich her. »Und wen haben wir hier? Was bist denn du für einer? Dich hab ich ja noch nie gesehen. Ihr Rotzlöffel, ihr verfluchten.«

Konrad zog erschrocken die Schultern hoch und nahm die Arme über den Kopf, um sich zu schützen. Jeden Moment würde der Bauer zuschlagen. Was für große Hände der hatte und wie viel Kraft! Keine Chance, sich zu befreien.

»Zu wem du gehörst, hab ich dich gefragt!«

Konrad stammelte. »Ich ... ich ... von der Wutzschleife.«

»Aha, ein Urlauber oder was! Jetzt kommen sogar schon die Fremden, um hier zu plündern. Kruzifix, schau, dass du Land gewinnst. Ich will dich nie wieder hier sehen, verstanden?« Mit einer einzigen Bewegung schleifte er ihn zur Tür und stieß ihn hinaus. Konrad strauchelte, stolperte auf den Hof, konnte sich gerade noch fangen und rannte, ohne sich umzusehen, im Vollsprint hinüber zum Wald, sprang auf den Gepäckträger des wartenden Mopeds, und Seppi gab Gas. Sie düsten den Weg zurück. Seppi lachte wieder mal nur, als wäre das alles ein Witz gewesen. Der lachte! Und er, Konrad, hatte nur Angst gehabt und sich fast in die Hosen gemacht. Er schämte sich.

Sie knatterten über Steine und durch Schlaglöcher, und Konrads Hintern kriegte einen Schlag nach dem anderen ab auf dem harten Gepäckträger. Links den Hang hinauf lag schwarz der Wald, rechts unten schimmerte immer wieder der Fluss durch die Bäume. »Fahren wir mal runter zum Höfler«, rief Seppi irgendwann nach hinten und lenkte das Moped auf einen Pfad zum Fluss.

»Wer ist denn der Höfler?« Konrad hatte keine Lust auf noch so ein Abenteuer, Seppis Ansage aber hatte genau danach geklungen.

»Der Höfler? Ein Waldschrat, wirst sehen. Der Letzte, der sich gegen den Damm wehrt. Der will seinen Schwarzhof nicht räumen und nicht hergeben, der will dableiben. Schau, da sind wir schon.« Vor ihnen lag eine baumlose, bis ans

Flussufer reichende Landzunge, auf der das Gras leuchtete. Drüben am Waldrand auf einer kleinen Böschung ein uraltes Haus, gefügt aus längst schwarzen Holzbalken, mit wenigen kleinen Fenstern. Das musste der Schwarzhof sein. Angebaut ein offener Schuppen, bis obenhin vollgestapelt mit Brennholz, auch entlang der Hauswand unter einem weit überstehenden Dach geschlichtete Holzscheite. Der Schuppen war mit Holzschindeln gedeckt, das Haus ebenso. Steinbrocken überall auf den Dächern. Selbst die Dachrinne war aus Holz. Ein schmaler Umlauf unterm Giebel, ein Bretterstapel, ein Hackstock, in dem ein Beil steckte, gehacktes Holz und noch ungespaltene, gesägte Stammstücke. Aus dem Kamin quoll weißer Rauch. Ein Furcht einflößender Mann trat in die Tür, struppige Haare und Bart, und sah sie aus dunklen Augenhöhlen an. Misstrauisch. Im Haus drüben klapperte eine Kette, dann muhte eine Kuh, eine zweite fiel ein.

»Ach, Seppi, grüß dich, auch mal wieder da?« Mit seiner schwarzen, schwieligen Hand wischte er sich über Mund und Bart. »Bringst heut einen Gast mit? Setzt euch her.« Sie setzten sich auf die herumliegenden Rundhölzer.

»Und, Höfler, weißt jetzt schon, wo du hinziehst?«, fragte der Seppi wie ein Alter.

Der Schwarzhofbauer Höfler schnaufte. »Letzte Woche waren erst wieder welche hier. Aber ich hab sie fortgejagt. Die sollen mich in Ruhe lassen, ich geh hier nicht weg.«

»Aber in zwei oder drei Jahren, wenn das Wasser steigt, wirst du wegmüssen, sonst säufst du ab.«

Höflers Gesichtszüge wurden hart. »Solange ich lebe, wird es hier keinen See geben, das verspreche ich dir. Hab ich denen auch gesagt. Die können nicht machen, was sie wollen, und ich weiß mich wohl zu wehren. Und wenn ich einen ... muss.« Seine Handbewegung dazu war eindeutig.

Konrad staunte. Die beiden redeten wie Männer, die Geschäfte machten. Er fühlte sich fehl am Platz, hatte nichts zu sagen und sah hinüber zum Haus. Viele Jahre später erst las er, dass dies eines jener »Waldhäuser« gewesen war, wie man sie nannte. In ihnen war alles aus Holz, sogar die Wasserleitungen. Und selbst der Kamin! Denn wenn man das Holz dafür zu Vollmond Anfang März schlug, brannte es nicht, sagte man. Jetzt aber wusste er von all dem noch nichts, er hörte nur zu.

»Mensch Höfler, sei nicht dumm. Die geben dir doch so viel Geld, dafür kannst du dir ein viel besseres Haus bauen. Mach es doch wie wir und die ganzen anderen.«

Der alte Höfler schüttelte den Kopf. »Den Schwarzhof hier hat schon mein Ururgroßvater gebaut, seit 1830 steht der da, und vorher waren hier auch schon die Höflers. Ich lebe hier, seit ich denken kann. Die Höflers haben schon immer hier auf dem Schwarzhof gelebt. Hier werde ich bleiben. Und auch sterben, nirgendwo sonst. Danach könnt ihr Dämme bauen, soviel ihr Lust habt, und das Wasser stauen, bis es euch zu den Ohren herausquillt, das ist mir wurst. Aber solange ich lebe: nein!«

»Du wirst den Damm nicht verhindern.«

Sie redeten noch eine Zeit lang hin und her, dann deutete Seppi auf einen Korb, der vor dem Haus stand, und fragte: »Sag mal, Höfler, was hast du denn da drin?«

»Buchenpilze.«

»Buchenpilze? Für die Kühe oder was?«

In dem Korb lagen graubraune, labberig wirkende Klumpen, an deren einer Seite Lamellen zu erkennen waren.

»Kennst du nicht, gell? Ihr Jungen kennt überhaupt nichts mehr.« Der alte Höfler schien froh, dass das Gespräch weg von dem Damm ging, und erklärte ihnen, das sei ein Pilz, der an kranken Buchen wachse. Direkt aus dem Stamm raus, aus der Rinde. »Den schneidest du ab, schneidest ihn in kleine Würfel und presst sie dann, immer ein, zwei Hände voll, in einem Tuch aus, dass der Saft rauskommt. So kriegst du feste, runde Knödel. Die kannst du drei oder vier Monate aufheben. Am besten auf einem Brett aus Buchenholz, bis sie dick mit Schimmel überzogen sind. Und angewachsen. Dann sind sie gut. Die Knödel schneidest du dann klein und kochst sie wie Lüngerl im Wasser, würzt sie, Salz, Pfeffer, Majoran, Lorbeer, ein Schuss Sahne dazu, fertig. Hat schon meine Urgroßmutter gemacht, die sind sehr gut. Und wachsen auch im Winter. Das wäre doch etwas für euer Wirtshaus, oder? Soll ich dir mal zeigen, wie das geht?«

Seppi winkte ab. »Vergiss es. Das essen doch die Leute nicht, so komisches Zeug. Steinpilze, Pfifferlinge oder Champignons ja, aber Buchenpilze? Hab ich noch nie gehört. Nein danke.«

Irgendwann stiegen die zwei wieder auf Seppis Quickly und knatterten davon. »Das mit deinem Haus überlegst du dir noch mal, Höfler«, rief ihm Seppi zum Abschied zu, »die Leute sind schon ganz schön angefressen wegen dir, du hast da nicht mehr viele Freunde. Weil du alles blockierst. Wir und die anderen wollen den Damm und den See, und zwar bald. Weil es uns dann allen besser geht.«

»Mir wurst«, brummelte der Höfler, »ich bleib hier, ich gehör hierher. Der Damm kommt nur über meine Leich.«

Über dem Waldweg hinter dem Moped stand eine blaue Wolke.

•

Über fünfzig Jahre später erst, nach einem langen Berufsleben und bereits in Rente, kehrte Konrad Bauer endlich an die Wutzschleife zurück. Nach der Freizeit hatte er noch zwei-, dreimal mit Seppi telefoniert, dann hatten sie sich aus den Augen verloren. Freunde mussten da sein, in der Nähe, man musste mit ihnen zusammen sein, so war das in der Jugend. Er war inzwischen siebenundsechzig, aber immer wieder hatte er an die Erlebnisse von damals gedacht. Jetzt endlich hatte er Zeit, wollte sich einmal den Eixendorfer Stausee ansehen und schauen, ob er noch etwas fand, das an die alten Zeiten erinnerte. Er hatte via Internet ein Wochenende im November gebucht und auf der Website des Hotels erfahren, dass Seppis Vater damals ein neues Gästehaus gebaut hatte. Seppi hatte es dann mit seiner Frau zu einem großen, luxuriösen Wellnesshotel erweitert und sehr erfolgreich geführt. Dann war er »viel zu früh« verstorben. Auch seine Frau war schon tot, jetzt betrieb es der Sohn.

Fünfzig Jahre, da hatte sich alles verändert. Schon allein, dass hier jetzt kein Hinterland mehr war. Jetzt endete die Welt nicht mehr am Eisernen Vorhang, seit über dreißig Jahren schon waren die Grenzen offen, jeder konnte jederzeit nach Tschechien. Einfach so. Früher war hier Sense. Alles tot.

Als er auf den Parkplatz des Hotels einbog, fand er sich zu Füßen eines riesigen, am Hang liegenden, hochmodernen Wellnesstempels mit ineinander verschachtelten Glasdächern, verschiedenen Terrassen und ausladenden Balkons vor den Zimmern. Es war Mitte November, der Himmel eine Masse aus kalter, diesig-nebliger Luft. Ungemütlich. Die vielen Lichter im Inneren der Gebäude jedoch leuchteten vielversprechend warm und einladend – und vor allem erfolgreich – dagegen an. Freundliche Damen nahmen ihn an der Rezeption in Empfang, kontrollierten seinen Impfstatus, wiesen ihn in die Covid-Vorschriften ein, die zu beachten waren, und zeigten ihm sein Zimmer. Was für ein Komfort! Er ließ den späten Nachmittag im Saunabereich und auf steinernen Bänken unter angenehmer Regendusche-Berieselung ausklingen, kostete von den gereichten Häppchen und bediente sich am Abend im Restaurant üppig am Buffet. Dazu gönnte er sich eine Flasche Wein.

Am folgenden Vormittag machte er sich auf den Weg. Der stille, graue Novemberhimmel lag tief über dem Land, der Nebel schluckte Licht und Geräusche, und von den Bäumen tropfte die nasse Luft. Unter dichtem Laub fand er ein letztes Reststück des schmalen, granitgepflasterten Weges, der ehemals hinunter an die Schwarzach und zum alten Waldhaus an der Wutzschleife geführt hatte. Von den Gebäuden war nichts mehr vorhanden. Tiefschwarz gurgelte der schmale Fluss über große Steine.

Konrad Bauer wechselte zum drüberen Ufer und folgte dem Weg flussabwärts am Waldrand entlang über winterbraune Wiesen. Jenseits einer Vorsperre dann war der Stausee abgelassen, wegen Revisionsarbeiten am Hauptdamm, wie man ihn informiert hatte. Der Seegrund breitete sich als graudunkle Schlickfläche weit vor ihm aus, mitten hindurch mäanderte schmal der Fluss. Es war das alte Flussbett, das das Wasser durch die Schlammebene nahm, die Stümpfe abgesägter Bäume und Sträucher säumten die beiden, sonst versunkenen Ufer. Duster und schlammüberkrustet ragten sie bis heute wie aufgefädelt aus dem tiefnassen Boden. In regelmäßigen Abständen warnten Schilder an der Schlickkante vor Betreten, es drohe Versinken im Matsch und Lebensgefahr.

Kein Mensch schien an diesem Tag unterwegs. Eigentlich hatte Konrad Bauer vor, bis zur Biegung des Stausees zu gehen, dorthin, wo einstmals Eixendorf stand, doch nach zwei Stunden Wegs kehrte er um. Und seltsam: Jetzt, auf dem Rückweg, entdeckte er bei einer Bank eine Informationstafel, die er vorher übersehen hatte. Sie informierte den Wanderer, dass hier, unten am Ufer, einst der Schwarzhof gestanden habe, ein sogenanntes Waldlerhaus. Das seien Häuser meist bitterarmer Waldarbeiterfamilien gewesen, komplett aus Holz und ohne einen einzigen Nagel gebaut, mit weit überstehendem Dach gegen Nässe und Regen, meist auch mit Holz gedeckt. Dächer, die man alle zwanzig bis dreißig Jahre erneuern musste. Der Schwarzhof habe damals, so wie etliche andere auch, dem Damm weichen müssen.

Konrad Bauer setzte sich auf die Bank neben der Infotafel, zündete sich eine Zigarette an und dachte fünfzig Jahre zurück an die Begegnung mit dem alten störrischen Höfler. An Seppi und die Quickly. An die Buchenpilze, die erst verschimmeln mussten, bevor man sie aß. An *Je t'aime* und die Schelln, die Seppi von seinem Vater bekommen hatte. Und dass der Seppi, derselbe Jahrgang wie er, schon seit Langem tot war – da hörte er, wie sich ein Fahrzeug näherte. Langsam kam es den Weg entlang. Ein kleiner, verdreckter Fiat. Als der Wagen auf seiner Höhe angekommen war, hielt er an. Die Fenster waren heruntergekurbelt, zwei alte Männer saßen darin, er schätzte sie auf siebzig, eher achtzig. Wettergegerbt, aber kräftig.

»Na, ist es nicht ein wenig kalt?«, fragte der am Steuer und stieg aus.

»Ach, ich bin jetzt zwei Stunden gelaufen, mir ist schön warm. Und für eine Zigarette geht es schon. Aber sagen Sie, Sie sind doch sicher von hier?«

»Freilich.«

»Darf ich Sie etwas fragen?«

»Nur zu.«

»Sie haben doch bestimmt das hier noch alles gekannt, bevor der Stausee da war.«

»Sowieso.«

»Sagen Sie, was ist denn aus den Landwirten geworden, die früher ihre Höfe hier hatten, zum Beispiel drunten in Eixendorf?«

»Na ja, die sind weggezogen.«

»Und wissen Sie auch, wohin?«

Der Alte dachte kurz nach. »Einer, der hat es am besten gemacht, meine ich, der hat in einen anderen Hof eingeheiratet. Andere haben sich Häuser gebaut drüben in Rötz oder Neunburg, da leben sie jetzt, auch von den Häusern. Mieten und so.«

Bauer verstand. »Ist denn vom alten Eixendorf noch etwas zu sehen?«

»Na ja, so wie jetzt der Wasserspiegel ist ... ein paar Fundamente können Sie da schon sehen. Warum interessiert Sie das?«

»Ich war, das ist aber schon über fünfzig Jahre her, mit meinen Eltern damals in der Wutzschleife. Als Jugendlicher. Neunundsechzig.«

»In der Wutzschleife beim Seppi.« Der Alte nickte nachdenklich. »Von der alten Wutzschleife ist jetzt gar nichts mehr zu sehen.«

»Ja, ich hab auch nichts mehr gefunden, das mich an früher erinnert, bis auf ein kleines Stück Straße.«

»Na ja, wissen Sie«, schaltete sich der ein, der noch im Auto saß, »vergangenes Jahr erst haben sie da die alten Garagen abgerissen, das war das Letzte. Jetzt ist nichts mehr da.«

»Ach ja. Sagen Sie, wissen Sie auch, was mit dem alten Höfler hier vom Schwarzhof passiert ist? Bei dem war ich mal, damals, mit dem Seppi Hauer von der Wutzschleife.«

»Der Höfler? Was interessiert Sie an dem?«

War die Frage etwas komisch gekommen? Der Ton des Alten hatte sich verändert, war eine Spur schärfer geworden.

»Wissen Sie, der wollte damals nicht verkaufen, hat er gesagt, als ich mit dem Seppi bei ihm war. Niemals. Den Schwarzhof gebe er nicht her, nur über seine Leiche. Auf mich wirkte er damals ziemlich starrköpfig. Oder bockig, gelinde gesagt.«

Die beiden Männer schwiegen.

»Wissen Sie, was aus dem geworden ist? Er hat schließlich doch verkauft, oder? Und wo ist er dann hin?«

Jetzt stieg auch der zweite Alte aus dem Wagen, blieb in der offenen Tür stehen, stützte sich auf ihr ab und sah ihn aus zusammengekniffenen Augen an. »Der Hof ist damals abgebrannt. Lichterloh. Mitten in der Nacht.«

»Ja, so war's. Eines Nachts ist der Schwarzhof abgebrannt. Komplett. War ja auch alles aus Holz, und uralt, haben Sie ja damals sicher gesehen. Da war nichts mehr mit Löschen, der hat gebrannt wie Zunder. Bis die Feuerwehr hier war, war nur noch ein Haufen Asche übrig.«

»Und der Höfler? Was war mit dem?«

»War weg.«

»Weg, hm. Ist er bei dem Feuer verbrannt?«

»Man weiß nichts, und gefunden hat man auch nichts.«

»Hat auf jeden Fall einen Haufen Ärger gegeben damals.«

»Ja, ist aber fünfzig Jahre her und interessiert niemanden mehr. Tote lässt man ruhen. Auf geht's, steig ein, wir fahren.« Die zwei quetschten sich zurück in ihren kleinen Fiat. »Der Höfler ist weg, mehr weiß hier keiner.«

Die beiden fuhren davon, Stille kehrte zurück in den Wald. Irgendwo entfernt warnte ein Eichelhäher, dann war Konrad Bauer nurmehr vom leisen Ins-Laub-Fallen der Tropfen umgeben, die vom Nebel kamen, der sich in den Bäumen verfing. Nachdenklich erhob er sich und lenkte seinen Schritt hinunter zur Schwarzach. Wenn man unten in Eixendorf bis heute bei Niedrigwasser noch Fundamente sehen konnte, vielleicht konnte er dann hier ja auch noch ein paar Reste entdecken vom Schwarzhof? Fundamentsteine vielleicht oder verkohlte Balkenreste? Wasser konserviert ja oft über Jahrzehnte, die abgesägten Baumstümpfe des alten Uferbewuchses der Schwarzach waren der Beweis, die standen ja auch alle noch da.

Als er unten am Ufer stand, an der Schlickgrenze, meinte er oben wieder den Fiat zu hören.

•

Am späten Vormittag des folgenden Tages meldete sich Peter Dobler per Handy bei der örtlichen Polizei. Er sei mit seinem Freund, dem Brandls Karl, in seinem Wald an der Schwarzach, Bäume aussuchen, die er fällen wolle, zum Bauen. »Und auf der Höhe vom alten Schwarzhof, ihr wisst schon, am Eixendorfer See, da liegt ein Mann im Schlick, Gesicht nach unten, und bewegt sich nicht. Wahrscheinlich tot«, sagte er und lauschte dann der Antwort des Beamten. »Was, wir sollen dort warten? Ja gut, ja, aber beeilt's euch bitte, wir haben noch viel zu tun. Es wird verdammt früh dunkel.«

Als die Polizei kam, fand man im Schlick nur Spuren der beiden Alten. Sie hätten zuerst versucht, »den Mann da«

rauszuziehen«, gaben sie an. »Bis uns klar war, dass der maustot ist. Dann haben wir es gelassen.«

Im Hotel hatte Konrad Bauer niemand vermisst.

Tanja Kinkel
Neulich in Bodenmais BODENMAIS

Die Leiche fand man beim Schreyer Toby im hinteren Garten, direkt neben dem Liegestuhl, auf dem sich Elfi vor der Scheidung immer gerne gesonnt hatte. Tobias stand konsterniert da, während das Beet, in dem er bald für den Sommer Tomaten anpflanzen wollte, aufgegraben wurde. Bereits die dritte Schaufel Erde legte etwas frei, das in einem Gemüsebeet eigentlich nichts zu suchen hatte: weißbraun, mit etwas am Bein, das er im Fernsehen schon mal gesehen hatte und das aussah wie eine Fußfessel, nur kleiner, viel kleiner. Sonst nur Federn.

»Können S' des erklären, Herr Schreyer?«, fragte die Polizistin, die den Ranger vom Nationalpark begleitete, als würde sie Tobias nicht kennen. Das Instrument in der Hand des Rangers hatte ihn mit allerlei ominösen Tönen direkt zu dem Gemüsebeet geführt. Tobias konnte es nicht erklären. Der Ranger warf ihm einen Blick voller Abscheu zu, stieß noch etwas mehr von der Erde zur Seite und verkündete, zweifellos handele es sich um eben jenes Habichtskauz-Weibchen, das seit zweieinhalb Tagen nicht mehr in sein Nest zurückgekehrt sei, weswegen die Jungen kurz vor dem Verhungern stünden und unklar sei, ob sie durchkämen.

»Hören Sie«, protestierte Tobias, »ich hab keine Ahnung, wie das Viech hierhergekommen ist, und ich bring keine Käuze um! Ich weiß doch, dass die geschützt sind! Meine Tochter ist Junior-Ranger und mit der Tochter von der Gaby, Ihrer Begleitung von der Polizei, in derselben Schulklasse!«

Die erwähnte Polizistin hatte unterdessen begonnen, Fotos von dem freigelegten Vogel zu machen. Sie schaute immer noch so, als kennte sie ihn nicht, obwohl ihre Tochter oft mit seiner Tochter hier bei ihnen gespielt hatte. »Sind Sie im Besitz einer Schrotflinte?«, fragte sie völlig unpersönlich.

Das Nein lag Tobias schon auf der Zunge. In letzter Sekunde besann er sich eines Besseren und nickte. Sie strich die Federn des Vogels mit dem Zeigefinger nach oben, und jetzt sah er es auch: Das waren eindeutig Spuren von Schrotkugeln, die sich durch das Gefieder in den Körper des artengeschützten Habichtskauzes gebohrt hatten.

»Dürfte ich die Schrotflinte mal sehen?«, fragte sie ruhig.

Sie erwies sich als unauffindbar.

•

Konflikte mit dem Gesetz hatten für Tobias Schreyer bisher gelegentlichen Ärger wegen Geschwindigkeitsüberschreitung bedeutet. Nach wie vor war er überzeugt, dass die Radarkameras falsch justiert gewesen sein mussten. Gut, als Jugendlicher hatte er auch zwei-, dreimal Hasch probiert, und einmal hatte sich einer der Nachbarn wegen der Hühner beschwert, die Tobias sich hielt, aber mehr konnte man ihm wirklich nicht nachsagen. Die Hühner waren sein Hobby. Von Beruf war er Schreiner, was ihn in Bodenmais, wo man als Teenager entweder beim Herrgottsschnitzer oder im Glasparadies Joska jobbte und sich dementsprechend auf eine Zukunft in Holz oder Glas einrichtete, zu einem Normalbürger machte. Seine geschiedene Frau, die eines der zwei Tattoo-Studios im Ort betrieb, hatte sich kurz vor der Scheidung einmal zu dem vernichtenden Urteil hinreißen lassen, Tobias zeige mehr Originalität bei der Zusammenstellung seines Hühnerfutters als in jeder anderen Situation seines Lebens, ganz besonders im Bett. Woraufhin er eine Bemerkung über Leute machte, die Tätowierungen nötig hatten, um überhaupt etwas an ihrer Haut zu fühlen. Die Scheidung war keine Minute zu früh gekommen.

Selbstverständlich handelte es sich bei Elfis abschätziger Bemerkung um grobe Verleumdung. Tobias dachte immer noch gerne an die Zeit zurück, als er Mitte der 90er der Freundin eines russischen Oligarchen am Großen Arber das Skifahren beigebracht und von ihr auch sonst einiges gelernt hatte. Seinetwegen hatte sie viel riskiert! Gut, am Ende hatte sich herausgestellt, dass sie nicht die Freundin eines russischen Oligarchen war, sondern nur die von irgendeinem zwielichtigen Typen aus Berlin, zu dem sie am Schluss auch wieder zurückging. Fakt blieb aber: Skifahren hatte sie von ihm, Tobias gelernt, und nicht etwa vom Wimmer Jörg, der seit der dritten Klasse Tobias' Intimfeind gewesen und während Olgas Aufenthalt im Bayerischen Wald ebenfalls ständig um sie herumscharwenzelt war.

Das war ewig lang her. Dieser Tage war Tobias keiner, der im Winter auf die Skipiste ging, noch einer, der nach irgendwelchen Russinnen Ausschau hielt, die am Schluss doch keine waren, schon allein deswegen, weil er nicht mehr Ski fuhr, seit er sich den Knöchel gebrochen und der Arzt Glasknochen diagnostiziert hatte. Die Schrotflinte hatte er ordentlich und legal erworben, als er noch im Schützenverein gewesen war, aber seit er die Mitgliedsbeiträge nicht mehr zahlen wollte, hatte er sie nicht mehr benutzt, auch weil die Füchse seine Hühner in Ruhe ließen, nachdem er einen hohen Zaun gebaut hatte. »Ist auch gut so«, erklärte ihm damals sein jugendlicher Naseweis von einer Tochter. Früher, als die Inge noch klein gewesen war, stellte er sich immer vor, wie viele Sorgen er sich um sie machen würde, wenn sie erst einmal in die Pubertät kam. Dass sie ihm und ihrer Mutter ständig vorhielt, wie unverantwortlich es sei, jetzt noch mit einem Benzinauto rumzufahren, und die Bodenmais-Abteilung von »Fridays for Future« nur deshalb nicht gegründet hatte, weil jemand einen Tag schneller gewesen war, damit hatte er wahrlich nicht gerechnet. Schon eher mit einer Mitgliedschaft beim WWF, ihrer Tierliebe wegen.

»*Deine* Tochter«, sagte seine Exfrau dann und ließ durchblicken, dass Inge von Tobias etwas geerbt hätte, das sie als »Spießer-Gen« bezeichnete. Elfi tat halt manchmal immer noch so, als wäre sie eine Großstadtpflanze. Dabei stammte sie aus dem Bayerischen Wald, genau wie die meisten Leute hier, nur aus Finsterau statt aus Bodenmais.

Ein rundum friedliches Leben war es also, das er führte. So sollte es sein. So konnte es bleiben. Tote Habichtskäuze in seinem Gemüsebeet und verschwundene Schrotflinten waren darin nicht vorgesehen.

•

Laut der Polizistin Gaby stand auf die Tötung von artengeschützten Vögeln wie dem Habichtskauz eine Strafe von bis zu 50.000 Euro. Wenn er sich das nicht leisten konnte, sei eine Haftstrafe die Alternative.

»Da musst du mir aber erst nachweisen, dass ich's war«, sagte Tobias ärgerlich. »Und das kannst du nicht, weil's nicht stimmt!«

Gab es keine Aufklärung, wie der Vogel in seinen Garten gekommen war, würde er aber wohl seinen Anwalt beauftragen müssen, den, der ihn bei der Scheidung vertreten hatte. Dessen Gebühren waren allerdings gesalzen, wie er sich erinnerte. Jedoch keine 50.000 Euro! Und ins Gefängnis zu gehen, nein, das kam ganz und gar nicht infrage.

Eigentlich wollte er die Angelegenheit für sich behalten, aber seine Nachbarn hatten das Polizeiauto gesehen. Bis seine Tochter, die jedes Tier liebte, in Tränen aufgelöst bei ihm hereinplatzte, hatte Tobias schon drei Anrufer abgewehrt, die wissen wollten, ob er auf seine alten Tage wieder mit dem Kiffen angefangen hatte, wo das jetzt doch fast schon legal war.

»Sag mir, dass du keinen Habichtskauz umgebracht hast, Papa«, schluchzte sie, und Tobias verstand, dass eine Geheimhaltung seines Malheurs ganz und gar unmöglich geworden war. Eine halbe Stunde später liefen Inge und er den Rißlochweg entlang, weil er das früher immer mit ihr gemacht hatte, wenn es etwas zu bereden gab: gemeinsam spazieren gehen. Ursprünglich, weil er so vermied, dass Inge in der Werkstatt etwas anfasste und sich verletzte, als sie noch jünger war, und dann, weil er selbst gern zwischendurch an die frische Luft wollte.

»Aber letzte Woche, da hast du doch fürchterlich darüber geschimpft, dass dir so ein Raubvogel zwei Hennen geschlagen hat«, sagte Inge misstrauisch. »›Mistviecher‹ hast du gesagt!«

Nun ja, begeistert war er nicht gewesen, aber anders als bei den Füchsen früher hielt sich der Verlust von Hühnern wegen der Raubvögel durchaus in Grenzen.

»Wegen zweier Hennen habe ich doch nicht die Schrotflinte entstaubt und endlos Wache gestanden, bis ein Habichtskauz aufkreuzt. Der ist ohnehin meistens zu klein, um Hühner zu jagen, der frisst Mäuse, anders als echte Habichte. Für so was hab ich gar nicht die Zeit. Und überhaupt, ich lüge nicht!«

»Papa, ich weiß nicht, wie oft ich dabei war, wenn du den Leuten erzählt hast, dass wir beim Wandern am Lusen mal zehn Bären gesehen haben. So viele gibt's im ganzen Park nicht! Und Mama schwört, dass die Tussi, der du das Skifahren beigebracht hast, keine russische Oligarchen-Freundin war und ihr Typ dich auch nicht mit zwei Schlägern bedroht hat.«

»Mama war überhaupt nicht dabei«, knurrte Tobias, »und ich habe die Bären gezählt. Außerdem geht's doch nur darum, dass meine Tochter mir glauben sollte!«

Inge, die sich gerade die Haare wieder wachsen ließ, nachdem sie jahrelang einen Kurzhaarschnitt getragen hatte, strich sich eine Strähne aus der Stirn und schniefte.

»Aber wie kommt der Vogel dann in dein Beet, und wo ist die Schrotflinte?« Ihr Gesicht veränderte sich. »Du hast doch keine Feinde, oder?«

Nur deine Mutter, dachte Tobias, doch er brachte es nicht über sich, das laut zu sagen. Elfi und er hatten sich beide Mühe gegeben, in Inges Gegenwart nicht miteinander zu streiten. Seitdem sich ihr Tattoo-Studio endlich lohnte, hatte sie sogar aufgehört, ständig mehr Unterhalt zu verlangen.

Andererseits: an Altersschwäche war das Käuzchen offensichtlich nicht gestorben. Und selbst wenn es einfach aus Zufall ausgerechnet in den Garten von Tobias Schreyer gefallen wäre, nachdem ein anderer es abgeschossen hatte, wie war es dann unter die Erde gekommen? Noch dazu jetzt, wo auch sein Gewehr nicht mehr zu finden war?

»Du hast die Flinte doch weggesperrt, oder?«

»Jetzt reicht's!«, brummte Tobias. Natürlich hatte er das.

»Ich mein ja bloß, weil du doch oft was nicht findest, und dann denkst, es hätte jemand anders versteckt. Soll ich beim Suchen helfen?«

»Wenn die Polizei und ich nichts gefunden haben, wirst du das erst recht nicht«, wollte Tobias seiner Tochter schon entgegnen, doch dann entschied er sich anders. Offenkundig wollte sie ihm helfen, was hieß, dass sie doch noch an ihn glaubte. So weit, so tröstlich.

Und es stimmte, er hatte einmal drei Tage lang seinen Motorradschlüssel gesucht, damals, als er noch eine Maschine hatte. Aber er war sich bis zum heutigen Tag sicher, dass Elfi den Schlüssel damals erst versteckt und dann neben den Kasten mit dem Hühnerfutter gelegt hatte.

Elfi gehörte auch zu den wenigen Menschen, die mit Sicherheit wussten, wo Tobias sein Gewehr verwahrte, auch noch Jahre nach der Scheidung.

»Dein Vater ist kein Habichtskauz-Mörder«, entgegnete Tobias also stattdessen, »und das werde ich beweisen.«

•

Elfis Tattoo-Studio lag in der Nähe des Kurparks, aber Tobias hatte es noch nicht einmal bis zur Bergknappenstraße geschafft, als ihm ausgerechnet der Wimmer Jörg über den Weg lief. Das hatte ihm gerade noch gefehlt. Wimmer, der kurz davorstand, der Chef der hiesigen Joska-Glasparadies-Filiale zu werden, hatte seit der gemeinsamen Kindheit ein Talent dafür, Schwächen an Tobias förmlich zu riechen. Was das Schlimmste war: Sie sahen sich auch noch ähnlich wie Brüder. Jörg war die Art Bub gewesen, der bei den Bundesjugendspielen sämtliche Preise abkassierte, obwohl Tobias viel länger trainiert hatte. Der Jörg wusste schon, dass Disco out und Hip-Hop in war, als der Rest von ihnen noch versuchte, die Mädels zum Takt von Modern Talking abzuschleppen. Jörgs Hobby waren nicht etwa Hühner, oh nein, und er hatte auch nie geheiratet; stattdessen gönnte er es sich im Winter immer noch, als Skilehrer zu jobben, und im Sommer war er an den dienstäglichen Tanzabenden, die im Hotel *Rothbacher Hof* angeboten wurden, derjenige, der dafür sorgte, dass keine Frau den ganzen Abend lang sitzen blieb, was seine Sammlung von Frauenunterwäsche ständig vergrößerte. So war der Wimmer Jörg der Kerl im Ort geworden, den jeder gern als Freund oder Lover hatte, ein Wunsch-Schwiegersohn, das wusste Tobias, und im Nachhinein hielt er es immer noch für ein Wunder, dass Olga sich damals für ihn, Tobias, entschieden hatte, nicht für den so erfolgreichen Bayernwald-Casanova.

»Mensch, Toby«, sagte Jörg denn auch prompt, »wenn ich gewusst hätte, dass dir so danach ist, Vögel abzuknallen, dann hätte ich dafür plädiert, dass wir dich im Schützenverein behalten, auch wenn du dir den Mitgliedsbeitrag nicht mehr leisten kannst.«

Das war eine in mehrfacher Hinsicht hinterfotzige Äußerung, nicht zuletzt, weil sie unterstellte, dass Tobias finanziell so schlecht dran war, dass er nur deswegen seine Mitgliedschaft im Schützenverein aufgegeben hatte. Gut, die Scheidung von Elfi hatte ihn einiges gekostet, aber er hatte eben Prioritäten gesetzt und sich für die Hühner entschieden. Hühner waren vielfach unterschätzte Tiere. Sie verstanden viel mehr von der menschlichen Sprache, als man ihnen zutraute, davon war Tobias überzeugt.

»Ich hab keine Vögel abgeknallt«, knurrte er und gab die Hoffnung auf, dass es noch irgendjemanden in Bodenmais gab, der noch nichts von seinem angeblichen Vergehen wusste.

»Na klar«, gab Jörg süffisant zurück. »Hör mal, wenn du einen besseren Anwalt brauchst als die Lusche, die dafür gesorgt hat, dass du Elfis bescheuertes Tattoo-Studio finanzieren musst, ich kenne da jemanden.«

Nun war Tobias zwar auf dem Weg zu seiner Exfrau, weil er sie in Verdacht hatte, ihm einen toten Habichtskauz untergeschoben zu haben, und er hatte auch gerade im Scheidungsjahr vor Freunden oft genug über Elfi geschimpft und über das, was er als falsch an ihr empfand. Aber hier und heute meinte er, dass es einem Jörg Wimmer nicht zustand, seine Geschiedene und ihre Entscheidung für ein Tattoo-Studio zu kritisieren.

»Das Studio von der Elfi läuft bombig, das muss niemand mehr finanzieren, und außerdem hab ich schon einen guten Anwalt«, sagte er daher barsch.

»Wie du meinst.«

Augenscheinlich wollte Jörg Wimmer sich noch weiter an Tobias' Unglück ergötzen, denn er verschwand einfach nicht.

»Was sind noch mal die Strafgebühren bei geschützten Vögeln, 50.000 Euro? Wenn du einen Kredit brauchst, ich werd ja demnächst befördert, also ich wär für dich da, alter Kumpel.«

Tobias wusste nicht, welche Alternative schlimmer war: dass Jörg mit dieser Hilfsbereitschaft nur eine besonders infame Art von Schadenfreude zeigte – oder dass Jörg inzwischen derart im Glück schwamm, dass er Freundschaft nicht nur vortäuschte, sondern ernsthaft einem alten Rivalen helfen wollte.

Dann erinnerte er sich wieder daran, wie Jörg ihn beim Klassenausflug in den Barbarastollen einmal dazu gebracht hatte, sich über Nacht im Silberberg-Bergwerk einsperren zu lassen, damals, als sie zehn Jahre alt gewesen waren. Jörg hatte so überzeugend gelogen, im Besitz einer Schatzkarte zu sein, und mit ihm verabredet, dass sie in der Nacht mit Taschenlampen ausgerüstet dort suchen wollten, war aber dann natürlich nicht erschienen.

Jörg war ein begnadeter Lügner und ein gscherter Hund.

»Spar dir das Geld lieber für dich auf, du wirst es noch brauchen«, sagte Tobias düster, obwohl er keine Ahnung hatte, wofür Jörg das Geld benötigen könnte. Es klang einfach nur gut. Um weiteren Diskussionen aus dem Weg zu gehen, flüchtete er sich in die Maria-Himmelfahrt-Kirche am Marktplatz. Wie es schien, hatte er richtig kalkuliert: Dorthin folgte Jörg ihm nicht. Dafür schien ihn die schwarze Madonna am Hochaltar vorwurfsvoll anzublicken.

»Ich hab den Habichtskauz nicht umgebracht!«, murmelte Tobias leise und senkte den Kopf.

•

Tobias fand Elfi bei der Arbeit, was bedeutete, dass sie mit dem Tätowieren eines Männerarms beschäftigt war. Es hätte schlimmer kommen können. Einmal war er bei ihr erschienen, als sie gerade hingebungsvoll den Hintern einer Frau bearbeitete, und wäre deswegen fast von ihrer Kundin verklagt worden. Danach hatte er schwören müssen, nicht mehr ungebeten in den abgetrennten Bereich ihres Studios zu platzen. Aber der Kerl, der Elfi gerade seinen Arm hinhielt, saß nicht dort, sondern im vorderen Teil des Ladens, und außerdem, dachte Tobias, konnte es nützlich sein, Elfi in einem Zustand geteilter Aufmerksamkeit zu erwischen. Zuerst versuchte sie, ihn fortzuschicken, aber er bestand darauf, er müsse sie umgehend sprechen.

»Du, ich war vor dir da«, murrte ihr Kunde. Tobias kniff die Augen zusammen. Soweit er das beurteilen konnte, war das dunkle Etwas auf dem Oberarm des Mannes bereits in beachtlichen Ausmaßen vorhanden. Plötzlich kam ihm ein unguter Gedanke.

»Soll das etwa ein Habichtskauz sein?«

»Das ist die schwarze Madonna von Bodenmais, du Depp«, sagte Elfi. »Und jetzt sei still, dann geht's schneller.«

Menschen, die etwas für die schwarze Madonna übrighatten, und Menschen, die sich tätowieren ließen, sollten nach Tobias' Meinung nicht dieselben sein. Vor allem nicht Leute, die wenigstens zehn Jahre jünger waren als er selbst. Am Ende war der Mann ein neuer Verehrer, der nur einen Vorwand gesucht hatte, um bei seiner Ex zu landen? Er trug enge Jeans. Welcher Mann um die dreißig trug noch enge Jeans? Keiner, der etwas mit der Madonna am Hut hatte. Da stimmte was nicht.

»Sag mal, du hast doch noch die Schlüssel zum Haus«, sagte Tobias so beiläufig wie möglich.

»Ich füttere nicht die Hühner für dich, wenn du in den Knast gehst«, entgegnete Elfi sofort, »und unserer Inge hast du das Herz gebrochen mit deinem Vogelmord, also verlass dich nicht darauf, dass sie das macht.«

Sofort wusste er wieder, warum es ihm nicht schnell genug gegangen war, sich von ihr scheiden zu lassen.

»Ich geh nicht in den Knast, ich habe auch keinen geschützten Vogel umgebracht, und überhaupt, die Inge mag Hühner, weil sie nämlich ihre Tierliebe von mir hat!«

Elfis Kunde räusperte sich. »Elfriede«, sagte er in einem rheinländisch angehauchten Hochdeutsch, das ihn sofort als Ortsfremden auswies, »wenn dieser Mann Sie belästigt, ich kann das regeln.« Er ließ seine Armmuskeln spielen, was der Madonna sofort zu einer Schwangerschaft verhalf.

Angesichts dieser Entwicklung entschied Tobias, den Laden zu verlassen. Allerdings ging er nicht weit. Er baute sich vor der Eingangstür auf und wartete darauf, dass der Kerl fertig war, was tatsächlich nur noch zehn Minuten dauerte, zehn Minuten, in denen Tobias sich überlegte, ob er seiner Tochter erneut das Herz brechen und der Polizei Elfi als Verdächtige nennen sollte. Einerseits hatte sie es verdient, wenn sie schuldig war. Andererseits würde es alles noch schlimmer machen, soweit es Inge betraf, die bei ihrer Mutter lebte. Und Elfi würde das Studio verkaufen müssen, um die 50.000 Euro zu bezahlen.

Nachdem der Mann mit seinen engen Jeans und dem neuen Madonnen-Tattoo endlich fort war, betrat Tobias wieder den Laden.

»Seit wann lassen sich denn Leute die schwarze Madonna von Bodenmais auf den Arm tätowieren?«

»Seit sie glauben, dass es gegen Impotenz hilft«, erwiderte Elfi schnippisch. »Also seit 1730, schätze ich mal. Das Motiv hat außerdem den Vorteil, dass kein Ortsfremder bei diesem Anblick auf den Gedanken kommt, wofür es steht. Ist übrigens nicht mein Fehler, dass du dich mit der Ortsgeschichte nicht auskennst. Ich hab dir seinerzeit gesagt, dass du ein Riesengeschäft machen könntest, wenn du kleine geschnitzte Madonnen gegen Impotenz verkaufst, aber du hast wie üblich weggehört. Wie immer, wenn's um was geht, das mit Sex zu tun hat!«

Jetzt erinnerte er sich dunkel. Die Dauerausstellung in der Maria-Himmelfahrt-Kirche, die mehrere Fälle gezeigt hatte, in denen die Madonna von Bodenmais angeblich geholfen hatte, schloss auch einen Eintrag aus der Chronik des Jahres 1730 ein. Darin war von einem gewissen Christoph Achaz Inmann die Rede, der »die eheliche Pflicht« nicht hatte verrichten können, deswegen zur Madonna von Bodenmais gepilgert war und hernach mit seiner Frau »in einen guten und vergnügten Stand« gekommen war. Es stimmte, Elfi hatte ihm seinerzeit mit der Geschichte in den Ohren gelegen und in diesem Zusammenhang etwas von geschäftlicher Nutzung gesagt, aber Tobias hatte ihr Beharren auf dieser Geschichte als mehr oder weniger deutlichen Kommentar zu seinen eigenen, angeblich nicht ausreichend wahrgenommenen ehelichen Pflichten interpretiert und daher erst recht weggehört.

Vielleicht war er wirklich nicht der ideale Ehemann für Elfi gewesen. Aber das war kein Grund, einen Habichtskauz abzuschießen und in seinem Garten zu vergraben, um ihm zu schaden.

»Elfi«, sagte er und bemühte sich um einen sanften Ton, »schau, lassen wir doch die alten Geschichten. Ein jeder macht mal was, das ihm hinterher leidtut. Aber dann muss man schon ehrlich sein und es zugeben, nicht versuchen, es einem anderen anzuhängen.«

Seine geschiedene Frau runzelte die Stirn und starrte ihn an. Ihr Blick verdüsterte sich.

»Ich muss nur wissen, wo mein Schrotgewehr ist«, fügte Tobias hastig hinzu. »Wenn ich das wiederfinde und keiner hat damit in der letzten Zeit geschossen, dann kann die Polizei mir gar nix. Und auch sonst niemandem, der Zugang dazu hatte.«

Elfis Miene rief Erinnerungen an ihre schlimmsten Zeiten vor der Scheidung wach.

»Ich fass es nicht. Glaubst du echt, dass ich ...«

Seit der Unterhaltung mit seiner Tochter, als ihm der Verdacht gekommen war, hatte Tobias sich mehr und mehr in diese Theorie hineingesteigert. Doch Elfi gegenüberzustehen und auszuhalten, wie sie ihn anschaute, als habe er gerade jedem seiner Hühner eigenhändig die Kehle umgedreht, war wie eine eiskalte Dusche.

Dann dachte er wieder daran, wie gut sie es beherrschte, ihn ins Unrecht zu setzen, und wie sein Anwalt ihm seinerzeit ausdrücklich verboten hatte, mit ihr zu telefonieren, weil sonst alle Güteverhandlungen mit dem Gegenanwalt wieder infrage gestellt waren.

»Ich weiß, dass ich's nicht war«, sagte er störrisch. »Du und die Inge, ihr seid die Einzigen, die außer mir noch einen Schlüssel haben.«

Elfi schloss die Augen und atmete einmal tief ein. Als sie ihn wieder ansah, wirkte sie etwas ruhiger.

»Tobias, wenn du meinst, ich hätte nur so getan, als ob ich das Schießen nicht pack, damals, wo du versucht hast, es mir beizubringen, dann liegst du falsch. Wenn du das Käuzerl nicht abgeknallt hast, dann kann's nur einer gewesen sein, der mit ausreichend Übung einen relativ kleinen Vogel trifft.«

Dieser so fundamental logische Gedanke hätte ihm selbst auch kommen können. Und schon wieder war es Elfi gelungen, ihn ins Unrecht zu setzen. Tobias spürte, wie ihm das Blut in den Kopf stieg.

»Vielleicht war's ja der russische Oligarch, dem du damals kurzfristig die Tussi ausgespannt hast«, sagte Elfi spöttisch. »Oder er hat James Bond angeheuert, um es zu tun.«

»James Bond arbeitet für die Engländer, nicht für die Russen«, protestierte Tobias unwillkürlich, ehe er sich selbst bremste, denn er ließ sich nicht gerne auf den Arm nehmen. Elfi rollte nur die Augen und öffnete ostentativ die Ladentür.

•

In der Werkstatt warteten zwei Kunden, die erklärten, die Ermordung artengeschützter Vögel nicht auch noch unterstützen zu wollen, und die deshalb ihre Aufträge stornierten. Drei weitere Kunden wollten unbedingt, dass er sie auf die nächste Jagd mitnahm.

Langsam zweifelte er an sich selbst. Fing so Alzheimer an? Angeblich konnte es einen ja in jeder Lebensphase erwischen. War es denkbar, dass er das Habichtskäuzchen abgeschossen hatte, um seine Hühner zu schützen, es dann vergraben und anschließend das Ganze vergessen hatte? Waren am Ende jene früheren Beispiele von Vergesslichkeit, die Inge erst kürzlich erwähnt hatte, erste Anzeichen gewesen?

Er rief bei seiner Tochter an und bat sie, ihm beim erneuten Durchsuchen des Hauses zu helfen.

»Aber du hast doch gesagt ...«

»Ich bin unschuldig, das schwör ich dir! Es ist nur so, dass man sich selbst narrisch macht, und zwei Paar Augen sehen mehr als eins, und ...«

»Papa, schon gut, ich komm.«

Kaum hatte er aufgelegt, da klingelte das Telefon. Das Display zeigte eine ihm unbekannte Nummer an. Und so hatte er keinen Schimmer, wer da etwas von ihm wollte, bis sich die Anruferin am anderen Ende als Redakteurin von der *Passauer Neuen Presse* vorstellte. »Ich hab das Scheißviech nicht umgebracht«, zischte Tobias und wollte schon wieder auflegen, als die Dame einigermaßen verwundert sagte: »Gut zu wissen, aber wir rufen Sie aus einem ganz anderen Grund an, Herr Schreyer. Sie sind doch Tobias Schreyer?«

»Ja«, sagte er, immer noch misstrauisch.

»Der Tobias Schreyer, der 1994 Aushilfsskilehrer am Großen Arber war?«

»Ja, schon.«

»Können Sie sich noch an eine Olga Iwanowa erinnern?«

»Olga Alexejewna«, verbesserte er automatisch, und die Stimme am anderen Ende veränderte sich. Jetzt klang sie kehlig und warm.

»Toby, du erinnerst dich tatsächlich!«

»Olga?«, fragte er ungläubig.

»Entschuldige den Trick mit der Presse. Ich wollte nur sicher sein, dass ich den Richtigen dranhabe, nachdem mir die Peinlichkeit mit dem Jörg passiert ist.«

Auch die Existenz von Olga hatte Tobias allmählich angezweifelt, in Anbetracht dessen, wie sich jeder in seiner Umgebung in den letzten Jahren über diese Episode aus seiner Jugend lustig gemacht und sie als Lüge oder doch maßlose Übertreibung behandelt hatte. Sie als reale, lebendige Frau am Telefon zu hören, war das Beste, was ihm gerade jetzt passieren konnte, seit dieser Irrsinn begonnen hatte, und er freute sich so sehr darüber, dass er einen seinem Alter ganz und gar unangemessenen Luftsprung machte, der allerdings eher zum Hopser geriet. Erst danach registrierte er, was genau sie gesagt hatte.

»Mit dem Jörg?«, wiederholte Tobias langsam.

»Hab mir schon gedacht, dass du es dir anders überlegst«, erklärte Jörg Wimmer fröhlich, nachdem er mit seinem aufgemotzten BMW Tobias' Einfahrt blockiert hatte. »Sehr vernünftig, dass du meine Hilfe annehmen willst. Also, bei welcher Bank bist du, Raiffeisen oder Sparkasse?«

»Also, vor allem bräuchte ich deine Hilfe dabei, mein Gedächtnis aufzufrischen«, gab Tobias zurück und bemühte sich, so ahnungslos und dumm wie möglich zu klingen. »Wir werden halt alt.«

»Du vielleicht«, meinte Jörg, und schlenderte in Tobias' Wohnzimmer, als sei er der Gaststar in einer Fernsehserie.

»Es ist bloß, falls die nachforschen, wo das Gewehr geblieben ist und ob ich damit sonst noch was Kriminelles angestellt habe, oder so.«

»Hast du?«, fragte Jörg interessiert.

»Nein, aber mir ist eingefallen, wo mein Gewehr geblieben ist, interessiert dich das?«

»Und, wo ist es aufgetaucht?«, fragte Jörg.

»Als ich meine Mitgliedschaft im Schützenverein gekündigt habe, hatte ich mein Gewehr dabei. Hab ein letztes Mal beim Tontaubenschießen verloren. Darum musste ich für alle Anwesenden eine Runde ausgeben, wobei es dann noch mehrere Runden wurden, du erinnerst dich sicher.«

»Dass du nichts getroffen hast? Alter, das ist so oft passiert, so was merke ich mir nicht.«

Tobias ließ sich nicht provozieren. Stattdessen fuhr er ruhig fort: »Ich habe mit dem Brantner Michl gesprochen, und der erinnert sich genau, dass ich das Gewehr damals liegen gelassen habe, und du hättest gesagt, du würdest es mir vorbeibringen. Nur ist es bei mir nie angekommen.«

»Da will der Michl sich wohl selbst reinwaschen«, kommentierte Jörg unbeeindruckt. »Der war damals schon Waffenmeister und hätte es wegsperren müssen. Wenn er solche Geschichten erzählt, ist er die längste Zeit Waffenmeister gewesen, verlass dich also lieber nicht darauf, dass er so was bei der Polizei aussagt.«

»Nachdem du ihm letztes Jahr Hörner aufgesetzt hast, wird er sogar beeiden, dass es *drei* Gewehre waren, wenn er dir damit eins auswischen kann.«

Jörg Wimmer wirkte halb geschmeichelt, halb vorsichtig, als er das hörte. »Toby, altes Haus, du willst mir doch nicht ernsthaft auf so einer Grundlage was anhängen?«

Für Tobias war es hart, weiter den Gelassenen zu spielen, doch er dachte daran, was alles auf dem Spiel stand, und brachte sogar ein Achselzucken zustande. »Ach wo. Ich will bloß rausfinden, was aus meinem Schrotgewehr geworden ist, und wenn der Michl das eine sagt und du das andere ...«

Ein Hauch von Erleichterung schien in Jörgs Blick zu liegen, als er lachte. »Der Michl ist bloß sauer. Du weißt doch am besten, zu was so ein Typ fähig ist, wenn man mit seiner Tussi rummacht. Denk an deine Lieblingsstory von dem russischen Oligarchen.«

»Gut, dass du meinem Gedächtnis auf die Sprünge hilfst, ich hab da nämlich Lücken. Also, so wie ich mich daran erinnere, hat mich der Typ von der Olga damals bedroht. Aber der war dann doch kein russischer Oligarch, sondern irgend so ein Kerl aus Berlin. Bei meinem Pech in letzter Zeit taucht der bestimmt auch noch in den nächsten fünf Minuten auf und erzählt der Polizei, dass ich schon als junger Mann Käuze umgebracht habe.«

Jörg lachte. Er klang sogar aufrichtig amüsiert. Der Hund.

»Mach dir darum mal keine Sorgen«, sagte Jörg gönnerhaft. »Der Oligarch war so falsch wie die Olga. Die war nämlich in Wahrheit keine echte Russin. Ich hab's aus sicherer Quelle, das war nur so eine angehende Schauspielerin, die einen auf Hochstapelei gemacht hat als Übung für eine Rolle, die sie damals kriegen wollte – eben die von einer russischen Oligarchenfreundin, die sich in einen Kerl vom Land verliebt und deswegen von ihrem Macker umgelegt wird.«

Eigentlich hatte Tobias sich vorgenommen, den Moment der Wahrheit noch etwas länger hinauszuzögern, schon aus Revanchegründen. Aber er war nie ein guter Lügner gewesen.

»Die sichere Quelle war nicht zufällig die Olga selbst?«

Jörg runzelte die Stirn. »Wie kommst du darauf?«, fragte er lauernd.

»Sie war auf der Suche nach dem Skilehrer von 1994, und da hast du gedacht, du wärst gemeint. Letzte Woche am Dienstag beim Tanzen im *Rothbacher Hof*.«

»Da schmeißen sich eine Menge Weiber an mich ran«, antwortete Jörg, »und ich weiß nicht, wieso ...«

»Weil sie gar nicht nach dir gesucht hat«, donnerte Tobias los. »Sondern nach mir! Nur war sie schon nicht mehr ganz nüchtern zu der Zeit, und bei dem schlechten Licht dort hast du halt so getan, als wärst du ich. Du hast sie abgeschleppt, aber dann, als sie beim Sex meinen Namen gestöhnt hat, da warst du tödlich beleidigt. Als sie dann auch noch gesagt hat, du sollst weitermachen, wo wir damals aufgehört haben, und du keine Ahnung hattest, was sie meint, hat sie gemerkt, dass du der andere Kerl bist. Der, den sie damals hat abblitzen lassen. Und sie hat sich angezogen und ist gegangen.«

Nun arbeitete es in Jörgs Gesicht. Der sorgfältig getrimmte Dreitagebart verbarg nicht, dass an Kinn und Hals mehrere kleine Muskeln zuckten.

»Also, wenn die das behauptet hat, dann lügt sie. Wollte wohl nett zu dir sein. Nix für ungut, Tobias, aber schau dich doch an. Welche Frau würde dich wollen, wenn sie mich kriegen kann?«

»Die Olga. Gleich zweimal«, sagte Tobias jetzt stolz. »Das hat dir damals gestunken, und letzte Woche. Da erst recht. Und dass sie nach all den Jahren noch mal nach Bodenmais gekommen ist und fast vergessen hatte, dass es dich überhaupt gab. Weil du immer noch davon lebst, dass du mal der tolle Hecht warst, während der Rest von uns erwachsen geworden ist.«

»Ein langweiliger Spießer, meinst du«, höhnte Jörg. »Auf dich soll ich neidisch sein? So ein Quatsch. Ich verdien mehr als du, ich hab keine nervige Ex und keine Tochter, die studieren will, am Hals, und die Frauen kriegen nicht genug von mir! Armer Toby, vielleicht bist du nicht mehr ganz so langweilig, wenn du im Knast warst, aber bis dahin ...«

Damals, als Tobias wegen Jörg eine Nacht im Barbarastollen verbracht hatte, bei der er leicht verunglücken hätte können, da hatte Jörg am nächsten Tag auch so getan, als hätte er das Ganze nur inszeniert, damit Tobias endlich mal ein Abenteuer erleben konnte. Vor den Erwachsenen hatte er natürlich alles geleugnet, aber Tobias gegenüber hatte er nicht widerstehen können, damit zu protzen, wie er ihn reingelegt hatte. Und genau darauf setzte Tobias jetzt.

»Hast du deswegen den Habichtskauz abgeknallt und bei mir eingegraben?«, fragte er brüsk. »Damit ich nicht mehr so langweilig bin? Oder war's nicht doch, weil die Olga im Bett Tobias zu dir gesagt hat?«

Schweigen. Tobias ertappte sich dabei, wie er den Atem anhielt.

Dann zuckte Jörg mit den Achseln. »War eigentlich ein blöder Zufall«, sagte er. »Okay, meinetwegen, ich war nicht so gut drauf am nächsten Morgen, und ja, ich fühl mich besser, wenn ich ein bisschen rumballern kann, also hab ich genau das gemacht. Das Viech hab ich aber aus Versehen getroffen. Aber wie's dann runterkam, dachte ich mir, so ein Scheiß, das ist ein Habichtskauz, wenn das rauskommt, wird das nichts mit meiner Beförderung zum Joska-Filialleiter, gar nicht gut fürs Image. Wir bringen doch diesen Sommer gläserne Habichtskäuze raus, für die Touristen! Na ja, und da dachte ich mir, eigentlich kannst du mal wieder etwas Aufregung in deinem öden Leben gebrauchen. Dann hast du echt mal was zum Erzählen, nicht immer nur dieselbe Story vom russischen Oligarchen, der keiner war.«

»Supergroßzügig von dir«, knurrte Tobias. »Ich denke gerne daran, wenn du die 50.000 Euro Strafe bezahlst.«

Jörg verzog die Mundwinkel. »Ne, ne, mein Lieber. Ich sorg dafür, dass du einen Kredit kriegst. Mehr nicht. Und glaub bloß nicht, dass du mich erpressen kannst. Was meinst du, wem die Polizei mehr glaubt?«

»Uns, würde ich sagen«, kommentierte die Polizistin Gaby und trat mit dem Gefühl einer Schauspielerin für Dramatik aus der Küche hervor, wo sie und Inge sich verborgen hatten. »Den Zeuginnen, die dieses gesamte Gespräch natürlich auch aufgenommen haben.«

»Mit Mikros, die Vogelstimmen aufzeichnen«, fügte Inge hinzu und wedelte mit dem Gerät, das sie als Junior-Ranger oft genug benutzt hatte. »Du Vogelmörder, du Feigling, solche Typen kotzen uns an. Ich werde jedem erzählen, dass du es warst. Wer dann noch mit dir redet, der ist nicht besser, als du es bist!«

Die letzte Woche war nicht leicht für Tobias Schreyer gewesen. Aber der Gesichtsausdruck von Jörg Wimmer machte vieles wett. In den Augen seiner Tochter rehabilitiert zu sein und sogar als erfolgreicher Aufklärer eines Kriminalfalls dazustehen, war wie Sahne auf dem Kuchen. Und die Aussicht, mit Olga, die selbst gerade eine Scheidung hinter sich hatte und deswegen im Bayerischen Wald eine Nostalgiereise auf den Spuren ihrer wilden Jugend machte, noch ein paar Tage zu verbringen – das war sogar ein Extradessert!

Vielleicht konnte er Elfi ja überzeugen, sich in der Zwischenzeit um die Hühner zu kümmern.

Tessa Korber
Goldmarie KAŠPERSKÉ HORY

Sie bemerkte die Scherben erst, als sie sich umwandte und es unter ihrem Fuß knirschte. Es war eng in dem Raum zwischen den Fenstern der Galerie und der weiß gestrichenen Sperrholzwand, die sie errichtet hatte, um möglichst viele ihrer Objekte den Blicken der vorbeischlendernden Passanten präsentieren zu können; ein handgemachtes Schaufenster. Markéta Černá hatte sich in die schmale Nische gezwängt, weil am Sonntag die Vernissage anstand. Die Ausstellung würde offiziell eröffnet, Sekt würde getrunken werden, Reden gehalten. Und natürlich würde sie die Preislisten herumreichen. Dafür mussten alle Objekte nummeriert sein, mit den kleinen runden Aufklebern, die sie jetzt vorsichtig und mit spitzem Finger unten rechts an den Sockeln und Regalleisten anbrachte, auf denen ihre kostbaren Skulpturen standen. Markéta machte das immer mit viel Liebe; es kam, fand sie, auf die Details an, wenn man eine Kunstgalerie leitete.

Sie hatte zwei Künstler in der neuen Ausstellung. Petr Liška entwarf Glasobjekte. Glas, das war ein traditioneller Werkstoff im Böhmerwald, in dem früher viele Glashütten standen. Glas war ein Thema in vielen Freizeitführern, in den Souvenirläden erst recht. Und die Touristen interessierten sich für alles, was mit Glas zu tun hatte, auch wenn es so modern verarbeitet war wie bei Petr, so hoffte Markéta zumindest.

Hanka Vogeltanzová dagegen war Malerin. Sie arbeitete mit Leinwand, Ölfarben und Blattgold, auch das Letztere ein Stoff, der im Böhmerwald ein Zuhause hatte, gerade hier in Kašperské Hory, dem ehemaligen Reichenstein, später Bergreichenstein. Im Mittelalter war es eine Hochburg des Goldabbaus gewesen, die Goldgräberstraße hatte von Kašperské Hory Richtung Passau ins Herz des Deutschen Kaiserreiches ihren Ausgang genommen. Und heutzutage zeigte man entlang der neu angelegten Wanderwege des »Goldsteigs« die alten Mineneingänge und Schürfhügel entlang des Zlatý Potok, des Goldbachs. Auch ein Museum gab es zum Thema. Unter der Stadt wurde noch immer ein Goldvorkommen vermutet. Seit Neuestem interessierte sich sogar eine Gesellschaft für die Erschließung.

Glas und Gold, die heimischen Materialien beisammen – Markéta hatte das spannend gefunden an den beiden Künstlern und würde das auch so in ihrer Eröffnungsrede darstellen: Ein Spannungsfeld tue sich da auf zwischen der Heimatverbundenheit des Materials und der zeitgenössischen, geradezu abstrakten Form. Insgeheim hoffte sie natürlich, damit ein breites Publikum anzusprechen. Die Abstraktion für die Kunstfreunde. Das Gold und Glas für die Touristen, die vorbeikamen und etwas Böhmerwaldtypisches mit nach Hause nehmen wollten. Wer konnte es ihnen verübeln? Die Touristen durfte sie nicht vernachlässigen. Kunst und Kommerz, das war ein weiteres Spannungsfeld, in dem sich eine kleine Galerie wie die ihre hier in der Provinz klug bewegen musste. All ihre Ersparnisse steckten in dem Projekt, ihr Elan, ihre Hoffnungen. Es gab keinen Plan B.

Auf das dritte Spannungsfeld, in dem diese Ausstellung sich bewegte, hätte sie gerne verzichtet. Es war dem Umstand geschuldet, dass Liška und Vogeltanzová einander auf den Tod nicht ausstehen konnten.

Aber diese Feindschaft war das Erste, was der Galeristin Markéta Černá einfiel, als sie das Knirschen vernahm, zu Boden sah und die Glasscherben unter ihren Sandalen bemerkte. Ungläubig fiel ihr Blick auf die Scheiben. Es waren alte, zweiflügelige, holzgerahmte Fenster, weiß lackiert, was einen schönen Kontrast zu der habsburgergelb gestrichenen Fassade des alten Bauernhauses abgab, in dem ihre kleine Galerie sich befand. Ein gemütliches Haus, eingekuschelt zwischen die anderen Giebel in der kopfsteingepflasterten Gasse, efeuumrankt, vorsichtig renoviert, mit einem liebevoll geschmiedeten und bemalten Ladenschild, das wie ein Wappen über die Straße hing: *Galerie Zur Goldmarie.* Ein Name für deutsche Touristen, ein romantischer Name. Hoffnungsvoll.

Das Fenster war eingeworfen. Ein gezacktes Loch starrte Markéta an, von dem sich die Sprünge quer über die ganze Scheibe zogen. Jetzt bemerkte sie auch den Stein, der vor der Holzwand lag. Sie steckte ihre Aufkleber ein und bückte sich, um ihn aufzuheben. Schaute sich um. Direkt hinter dem Loch in der Scheibe standen auf drei Sockeln Glasobjekte von Petr Liška, jedes etwa 30 Zentimeter hoch, schlanke, in sich verdrehte Säulen, die Tänzerinnen hätten sein können, Lavaeruptionen oder sprudelnde Quellen oder doch Bäume oder Blumen, Lilien etwa. Die Form ließ viele Interpretationen zu. Das Glas war opak, wie behaucht wirkte die Oberfläche, unter der eine Reihe irisierender und doch delikater Farben in- und auseinander flossen, auch sie in scheinbar unaufhörlicher Bewegung, wie die ganze Skulptur. »Dynamik 1–3« stand auf der Preisliste. Jede Dynamik kostete 3.700,- Euro. Markéta umklammerte den Stein und rechnete im Kopf den Schaden aus, der entstanden wäre, hätte er sein zerbrechliches Ziel erreicht. Aber waren die

Skulpturen tatsächlich das Ziel gewesen? Nur weil Glas so leicht brach, wies sie sich innerlich zurecht, musste es noch längst nicht gemeint sein.

Nur knapp über den Skulpturen hing eines von Hanka Vogeltanzovás Gemälden, eine Reihe von kühn gegeneinander gesetzten Farbfeldern, auf die hier und da ein Kind nachträglich etwas gekritzelt zu haben schien. An anderen Stellen zeigte sich Blattgold wie ein dünner, fast schon abgewetzter Bezug. *Palimpsest* hieß das Werk recht treffend. Der Preis lag bei 5.900,- Euro. Wenn nun das Bild getroffen worden wäre?

Markéta wog den Stein in ihrer Hand. Und die Möglichkeiten. War es ein Anschlag? Galt er ihrer Galerie? Oder den Künstlern? Und wenn ja, wem von beiden? Unwillkürlich liefen ihre Erinnerungen zurück zu der unschönen Szene gestern bei der Hängung, als Hanka und Petr um die besten Plätze konkurriert hatten. Chauvinist, Lesbenzicke, Dekorateur, Malweib, Nichtskönner, Plagiatorin. Sie waren einander nichts schuldig geblieben. Am Ende hatte sie ihm vorgeworfen, nie über billige Jugendstilkopien hinausgekommen zu sein, und er hatte behauptet, sie arbeite nur für die Industrie-Sponsoren, die mit ihren Werken ihre Besucherräume dekorierten. Das sei der reine Neid, hatte sie erwidert, war aber tiefrot im Gesicht geworden. In der Tat schmückten zwei ihrer Reliefbilder die Eingangshalle der Raiffeisenbank. Wenigstens schlafe sie sich nicht hoch, hatte Hanka gefaucht, das überlasse sie gerne ihm als modernem Mann.

An der Stelle war Markéta ihrerseits errötet und einen Schritt von Petr weggetreten, obwohl Hanka gar nicht auf sie angespielt hatte, sondern auf Petrs Angewohnheit, sich mit reichen, kunstinteressierten Damen zu umgeben, wie der Frau des Bürgermeisters, die dem Vergabeausschuss für den örtlichen Kulturpreis vorsaß und als deren ständiger Begleiter Petr gegolten hatte bis zu dem Jahr, in dem er den Preis erhielt. Danach hatte er sich größeren Jagdgründen im fernen Prag zugewandt.

Markéta wusste nicht mehr, wie sie die Frage der Platzierung schließlich gelöst hatte; sie hatten alle zu viel von dem bereitgestellten Rotwein getrunken und waren laut geworden, hatten geschimpft, diskutiert und um Lösungen gerungen. Aber niemand war hinausgelaufen, es hatten keine Türen geknallt – und am Ende waren alle zufrieden gewesen und friedlich heimgegangen, um ihren Rausch auszuschlafen. Hatte sie gedacht.

Jetzt die zerbrochene Scheibe. Oder war es schlicht so, dass der Stein einfach draußen auf der Straße herumgelegen hatte und dass jemand vorbeigekommen war mit der Lust, einen Stein zu werfen? Gerade in diesem Moment. Weil er etwa mit zu viel Bier und Ärger intus eine der umliegenden Kneipen verlassen hatte. Oder weil seine Frau ihn betrogen, der Arbeitgeber ihn gemaßregelt, das Leben ihn enttäuscht hatte? Es gab so viele gereizte, dünnhäutige, überforderte Menschen derzeit in Kašperské Hory. Möglicherweise hatte das Ganze hier gar nichts mit ihr und ihrer Galerie, mit Hanka oder Petr zu tun? Und was war schließlich passiert? Nichts. Ein kleines Loch in der Scheibe. Sie musste die Versicherung benachrichtigen, fiel ihr ein. Dafür würde sie ein Protokoll brauchen.

Markéta ließ den Stein wieder fallen, zwängte sich aus dem Schaufenster und zückte ihr Mobiltelefon, um bei der örtlichen Polizei anzurufen. Alle Mann waren gerade beschäftigt wegen der Demonstration gegen den Goldabbau auf dem Marktplatz, erfuhr sie. Aber man würde jemanden schicken, sobald es ging. Drei Stunden später war es so weit. Die Beamten agierten gründlich und gewissenhaft, sie machten Fotos, fertigten Protokolle an und ließen keinen Zweifel daran, dass all das völlig folgenlos bleiben würde. Dennoch beruhigte das Prozedere Markéta. Es ordnete das Geschehen in den Strom des Normalen und Managebaren ein. Sie kehrte die Scherben auf und rief einen Glaser an.

Am Abend hatte sie den Vorfall bereits beinahe vergessen und war schon wieder ganz auf die eigentliche Frage konzentriert: Würde tatsächlich diese Prager Galeristin vorbeischauen, die Petr angekündigt hatte? Die inzwischen Dependancen in Wien und Regensburg eröffnet hatte. Markéta war tief im Herzen kein Fan von Petr, weder als Mensch noch als Künstler, aber sie wünschte sich um ihrer selbst willen, die Galeristin käme tatsächlich die *Goldmarie* besuchen. Ob Petrs Können oder sein Charme den Anlass dazu gäbe, wäre ihr völlig egal.

»Woran denkst du?«, fragte ihr Lebensgefährte David Horký, als er in die Galerie kam und sie mit einem Glas Wein in der Hand und einem Lächeln auf den Lippen vor einer Glasskulptur mit dem Titel *Offene Wunde* fand.

Sie erwiderte seinen Kuss auf ihre Wange mit einem auf seinen Hals. Doch bevor sie etwas sagen konnte, hatte er sich bereits abgewandt und nach der Flasche gegriffen. »Idioten«, murmelte er, ehe er einen großen Schluck trank. Markéta wusste, dass das weder ihren Künstlern noch ihr selbst galt. »Wie war es auf der Demo?«, fragte sie.

»Sie haben es immer noch nicht begriffen.« David stieg direkt in einen der Vorträge ein, die er in den letzten Wochen wieder und wieder gehalten hatte, auf Parteiversammlungen, in Schulen, auf Plätzen und vor Supermärkten. Er war Geologe; hauptberuflich arbeitete er im Seismologischen Institut der Tschechischen Akademie der Wissenschaften, doch seine Leidenschaft galt den ganz anderen Erschütterungen, die die Aussicht auf einen Goldrausch über die 2.000-Seelen-Gemeinde von Kašperské Hory gebracht hatte. David und seine Mitstreiter waren ein kleines Grüppchen, aber sie waren aktiv. Und der Zuspruch der Bürger ermutigte sie. Viele von ihnen setzten lieber auf den Tourismus und wünschten sich eine intakte Natur. David schenkte sich nach. »Sie können sich einfach nicht vorstellen, wie das sein wird, wenn der Berg weg ist, und stattdessen klafft da ein Loch, Hunderte von Metern breit und tief.«

Markéta betrachtete noch einmal die offene Wunde, eine konkave Form, in der sich Gelb, Rot und Dunkelbraun zu Schlieren mischten. »Ist ja auch schwer vorstellbar«, murmelte sie.

»Wir haben sogar schon daran gedacht, eine Computersimulation zu machen«, erwiderte David. »Aber das Loch ist im Grunde das kleinere Problem. Die Chemikalien sind es.«

Zyanid, Markéta wusste Bescheid. Dass es Gold gab in Kašperské Hory war schließlich nichts Neues. Bislang hatte es jedoch als nicht lohnend gegolten, das Vorkommen abzubauen. Es existierten nämlich keine Adern mehr im Berg, keine Nuggets in den Flüssen, das jetzige Gold war fein verteilt im Gestein, dünner als auf Hankas Bildern. Um es zu gewinnen, musste man praktisch den ganzen Berg zermahlen und dann alles mit Zyanid herauslösen. Das hochgiftig war. Und vielleicht in den Boden gelangte. In die Flüsse, von da in die Welt. Nannte man das GAU, wenn so etwas geschah? Oder galt das nur für Atomkraft? Markéta wusste es nicht. Es war nicht ihr Thema. Es war

Davids. Sein Engagement fraß den Großteil seiner freien Zeit. Und seinen Teil ihrer Ersparnisse. Er gönnte ihr die Galerie, aber sie war sich sicher, er hätte es lieber gesehen, sie hätte statt der *Goldmarie* – »Allein der Name, Markéta!« – den Druck von Plakaten finanziert. Nun, wenn Petr wirklich Erfolg hätte bei der Galeristin, dann läge das ja im Bereich des Möglichen. Plötzlich fiel ihr etwas ein.

»Deine Freunde, David ...«

»Ja?«, hakte er nach, weil nichts mehr kam.

Nachdenklich drehte Markéta ihr Glas zwischen den Fingern. Das hier war dünnes Eis. »Haben die sich eigentlich mal geäußert ... zu meiner Ausstellung, meine ich?«

»Wir sind nicht so die Kunstfanatiker, weißt du doch.« Er versuchte seine Aussage durch eine Umarmung abzumildern, aber sie wich aus. Es war schwer genug, das zu fragen.

»Wegen Hanka. Weil sie doch mit Gold arbeitet.«

Er schnaubte, ein kleines Lachen durch die Nase. »So paranoid sind wir jetzt auch wieder nicht. Er nahm ihre Hand und führte die Finger an seine Lippen. Vielsagend berührte er damit den Ring, den er ihr vor einem Jahr geschenkt hatte. Eine Verlobung? Darüber hatten sie nicht gesprochen. Aber sie trug ihn rechts, drehte manchmal an ihm, wenn sie an David dachte. Es war ein schlichter, unfacettierter Goldreif.

»Wir sind doch keine Barbaren. Sollen wir zum Beispiel die Kirchen stürmen, weil sie dort auf den Bildern goldene Heiligenscheine haben?«

Nein, dachte Markéta, aber vielleicht mir die Fenster einwerfen. Auf dem Rückweg von einer weiteren frustrierenden Demo gegen die Goldindustrie. Nein, widersprach sie sich dann selbst, das war ja absurd. Sie schämte sich. Fast entschuldigend sagte sie: »Weil sie doch mit Sponsoren arbeitet, du weißt schon.« Sie dachte an die Raiffeisenbank. Und daran, dass Hanka gestern Abend im Laufe des voll erblühten Streites mit Petr hatte verlauten lassen, für die Serie ihrer Goldbilder habe sich zwar keine Prager Galeristin, aber immerhin ein internationales Industriekonsortium interessiert. Marketa hatte nicht nachgefragt, hatte es halb für Angeberei gehalten. So wie die Andeutungen, die Petr zu seinen Verbindungen in die großbürgerliche Damenwelt gemacht hatte. Wenn man ihm glaubte, hatte er schon den halben Hradschin gevögelt, von Schwarzenberg bis Lobkowitz. Sie musste unwillkürlich lächeln. Klar, dass Hanka gekontert hatte. Sie spürte, wie David ihre Hand losließ.

»Du meinst ...«, begann er.

Sie zuckte mit den Schultern.

»Etwa dieses ominöse Konsortium, das jetzt die Erlaubnis für eine Nutzungsstudie beantragt hat? Markéta, du weißt, wie wir gegen diese Studie kämpfen.«

Markéta wusste es. Weil »Studie« zwar so harm- und folgenlos klang, mit dem Recht auf die Durchführung einer solchen Studie jedoch weiterführende Rechte fest verbunden waren, zum Beispiel für den Abbau. Eines führte zum anderen, wenn es einmal anfing. »Wehret den Anfängen«, war das nicht der Titel eines Bildes von Hanka? Unwillkürlich wandte sie den Kopf, um es zu finden.

»Schau mich an.« Davids Stimme war lauter geworden. »Ist es das Konsortium?«

»Was weiß ich.« Markéta fühlte sich verletzt durch seinen Ton. »Keine Ahnung. Ich hab nicht gefragt.«

»Du hast nicht gefragt?!« Er fasste es nicht. Fast brüllte er, als er wiederholte: »Du hast nicht gefragt! Himmelherrgott!«

Trotzig schaute sie in sein wütendes Gesicht. »Nein, hab ich nicht. Es geht mich auch nichts an. Ach, David.« Sie spürte die Wucht seines Zorns beinahe körperlich. Unwillkürlich ruderte sie zurück. »Ich habe keine Ahnung, okay? Es könnte sonst wer sein. Da gibt es doch viele. Es könnte die örtliche Sparkasse sein. Oder die Amsterdamer Börse. Oder einfach ein Juwelier, ein Innenausstatter, irgendwer.«

»Irgendwer. Und dir ist es egal.« Er war nicht beruhigt.

»Ich bin Galeristin. Ich wähle Kunstwerke aus, weil ich sie gut finde. Verkäuflich«, gab sie zu angesichts seines wilden Blicks. »Und gut. Und Hankas Bilder finde ich toll. Das hier zum Beispiel.« Sie war erleichtert, ein paar Schritte von ihm wegzukommen und lief zu der Leinwand, die sie meinte. Rasch knipste sie eine der weißen Hängeleuchten an, die morgen den ganzen Raum erstrahlen lassen würde und die sie jetzt heranzog und auf *Wehret den Anfängen* richtete, damit David begriff, was sie meinte. »Siehst du, wie sie die Schichten übereinanderlegt? Es könnte eine Wand in Pompeji sein, oder auch in New York, einem New York der Zukunft, in dem die Graffiti von heute verwittern und unsere Zivilisation längst untergegangen ist. Es ist voller Zeichen und Symbole, deren Bedeutung wir nur erahnen, Ablagerungen verschiedenster Zeiten ...«

»Geschwafel.«

Sein Ton ließ sie verstummen. Das hatte sie nicht verdient. Sie ließ die Lampe los, nahm eine würdevolle Haltung ein, hob ihr Glas, als wollte sie den Inhalt prüfen, und fragte dann, ebenso lauernd wie obenhin: »Und wenn es das Konsortium wäre ...?«

Er stellte sein Glas so hart auf den Tisch, dass es zerbrach. Schon wieder Scherben in ihrer Galerie. Ihr Blick folgte der roten Flüssigkeit, die sich ausbreitete, über den Tisch, auf den Boden ... Sie hörte nur, wie die Tür zuknallte. Dann war sie in der *Goldmarie* alleine. Sie war gar nicht dazu gekommen, ihm von dem Stein zu erzählen. Scherben, dachte sie, und ging einen Lappen holen. Scherben brachten Glück.

Am anderen Morgen wachte sie früh auf, doch David war schon weg. Das war nicht ungewöhnlich, trotzdem tat es ihr weh. Warum hatte sie ihn auch so provoziert? Sie schlüpfte in ihre Joggingsachen und machte sich auf den Weg zu einer Morgenrunde, um den Kopf freizubekommen. Ihre Wohnung lag über der Galerie im ersten Stock, und die alte Holztreppe führte zur Rückseite des Hauses auf den Innenhof. Im Erdgeschoss gingen zwei Türen ab, eine in eine Abstellkammer, wo sie Rahmen und Dekomaterial lagerte, eine in die rückwärtigen Räume der Galerie, wo sich ihr Schreibtisch befand, die kleine Teeküche und die Toiletten. An dieser Tür hing noch immer das Schild »Aktionsbüro gegen den Goldabbau«. Es stammte aus der Zeit, als David und seine Freunde klein angefangen und in ihrem Büro ihre ersten Flugblätter verfasst hatten. Vor Kurzem waren sie in einen leer stehenden Getränkemarkt umgezogen. Aber das Schild war noch da. Sie strich mit den Fingern darüber. Es war ihm so wichtig, was er da tat. Plötzlich vollkommen versöhnt, beschloss sie, das Schild bei ihrer Rückkehr abzuschrauben und es ihm im neuen Büro vorbeizufahren. Sie waren ja immer noch dabei, sich dort einzurichten, hockten zwischen Kisten und Kartons. Sie könnte auch Kuchen mitbringen. Er würde sich freuen; David war nie lange verärgert.

Von der Energie dieses Entschlusses erfüllt, nahm sie den Weg zum Marktplatz, bog aber nicht in Richtung der Wallfahrtskirche Maria Schnee ab, um ins Goldbachtal zu laufen, sondern wählte den steilen Weg hinauf auf den Burgberg. Die Aussicht von der Ruine der alten Karlsburg hinab über das Tal und den Ort würde ihr guttun. Oben angekommen, setzte sie sich ins Gras und ließ ihren Atem zur Ruhe kommen. Der Blick auf die Täler und dunkelgrünen Waldrücken erinnerte sie an den Termin, den sie diesen Vormittag hatte. Bei Pavel Kràlik. Er war ein Landschaftsmaler und lebte in der Nähe von Sušice in einer Berghütte, wie es hieß, ein Sonderling, der nichts malte als den Böhmerwald. Markéta war nicht sicher, was sie dort erwartete, am Ende, dachte sie, das malerische Pendant zu den Büchern eines Karel Klostermann, mit viel Folklore und Behäbigkeit und altmodischer Böhmerwaldnostalgie. Das wäre nicht das Richtige für ihre Galerie. Aber einen Versuch war es wert. Die Ausstellung, die heute Abend eröffnete, würde in zwei Monaten abgebaut werden. Dann brauchte sie neuen Stoff.

Zwei Stunden später, geduscht, umgezogen und mit einem Frühstück im Magen, verließ sie das Haus erneut, um Pavel Kràlik aufzusuchen. Sie war spät dran. Einen Moment lang glaubte sie, etwas in der Galerie gehört zu haben. Einen weiteren Moment meinte sie, Petrs Wagen draußen am Ende der Gasse geparkt zu sehen. Aber das waren nur flüchtige Eindrücke, die kamen und wieder untergingen in ihrer Eile.

»Ahoj!« Kràlik empfing sie mit dem Wandergruß, als sie sein Haus endlich fand. Es war keine Hütte – und er kein Einsiedler, wie sie erwartet hatte, sondern ein noch recht junger Mann, der sich in einem ehemaligen Jagdaufseherhaus ein recht modernes Chaos zurechtgezimmert hatte aus Leinwänden, Farben, Zeitungsausschnitten, bunten Drucken und Plastikobjekten, Regalen, ausgestopften Tieren, einer Ritterrüstung, einer Gaming-Ausrüstung und vielen,

vielen Bierflaschen, vollen und leeren. Die Zahl ließ Rückschlüsse auf die Qualität der neuen Kleinbrauerei im nahen Sušice zu, von der Markéta schon viel Gutes gehört hatte. »Das vierfach gehopfte Weizen«, bestätigte Pavel. Mehr sagte er nicht. Vermutlich redete er nie viel. Die Bilder sprachen für sich.

Markéta fühlte sich sofort angezogen. Obwohl es schwer war, in dem Durcheinander einen Fuß auf den Boden zu setzen, versuchte sie, sich an die bemalten Leinwände heranzutasten. Er fand irgendwo einen wackligen Stuhl, kickte ein Bündel Werg und Zeitschriften weg und platzierte sie.

Markéta schaute. Es waren dunkle Leinwände, grün wie der Wald, grau wie der Nebel, braun wie das Moor. Zu sehen gab es nur Natur. Aber es war kein Funken Behäbigkeit oder Nostalgie darin. Düster und vielsagend mischten sich die Farben zu vagen, unheimlichen Landschaftseindrücken, melancholisch, tief, geheimnisvoll. Hier und da erkannte man das Vorbild: einen hellgrauen Schimmer wie vom Turm der Burg Velhartice am bewaldeten Hang, mehr Vision als Gemäuer, eine Gespenstererscheinung. Die tiefe Traurigkeit der Fassade der alten Synagoge in Hartmanice. Wie hatte er es geschafft, eher die Geschichte dieses Gebäudes einzufangen als seine Gestalt? Wie kam es überhaupt, dass all diese knorrigen Stämme, diese Wipfel und Moore, Irrlichter und Nebel keinen Hauch von Kitsch an sich trugen? Sie sogen den Betrachter ein und weckten in ihm eine Ahnung von Magie und Märchen. Aber nirgendwo der Zipfel einer Gartenzwergmütze.

»Was ist das?«, fragte sie und wies auf das Bild eines Bergwegs, an dem entlang sich helle Flecken im Unterholz hinzogen.

»Totenbretter«, brummte Kràlik.

Als sie fragend schaute, erklärte er, dass früher die Bauern im Böhmerwald ihre Toten auf einem Brett zum Friedhof trugen, das hernach für nichts anderes mehr verwendet werden durfte. Es wurde am Wegrand abgelegt, um dort zu zerfallen. Wer es anfasste, war verflucht. »Auf manchen Totenbrettern haben Pilze und Schimmel geleuchtet.«

»Fantastisch«, murmelte Markéta.

Kràlik fand noch eine Flasche vom vierfach Gehopften, und sie wurden handelseinig.

Markéta war in ausgesprochen sonniger Laune, als sie heimkehrte. Sie hatte ein gutes Geschäft abgeschlossen, heute Abend würde sie einen Triumph mit der Ausstellung feiern, und David, der würde sich freuen, sie zu sehen. Sie hatte seinen Lieblingskuchen besorgt. Und er sollte sein Schild bekommen. Fast war sie versucht, es noch mit ein paar Strichen Goldlack zu verzieren.

Markéta wollte den Kuchen in die Teeküche stellen, um die Hände frei zu haben für die Suche nach Werkzeug.

Die rückwärtige Tür zur Galerie war nicht abgesperrt, was sie erst wunderte, als sie schon halb in der Teeküche stand. Das Nächste, was ihr auffiel, waren die Glasscherben unter ihren Füßen. Hatte sie gestern Abend nicht alles zusammengekehrt?

Dann bemerkte sie die Beine. Es waren die langen, schlanken Beine einer Frau, in Seidenstrümpfen und eleganten, nicht zu hohen Pumps. Sie lagen auf der Türschwelle von der Teeküche zum Büro, das nicht wirklich ein Zimmer war, mehr ein offener Durchgang, seinerseits nur durch einen Vorhang vom Ausstellungsraum getrennt.

Als Markéta näher trat, sah sie den Rest: das graue Kostüm, die blonden Haare, das verklebte Blut darin und den glasigen Blick. Die Frau war tot. Ihrer schlaffen Hand entfallen war eine Art Schlüsselring, ein metallenes Besteck. Markétas Blick wanderte zu dem altmodischen Tresor, der in der Ecke neben ihrem Schreibtisch stand. Er hatte da schon gestanden, als sie das Haus kaufte; er war leer, einen Schlüssel gab es längst nicht mehr. Sie bewahrte Etiketten darin auf und ihre Lieblingsschokolade. Da klingelte ihr Handy.

»Markéta?« Davids Stimme klang gehetzt. »Markéta, ich ...«

»David!« Sie flüsterte unwillkürlich. Es war alles so surreal. Dass Davids vertraute Stimme sich über die Szene legte, machte es nur schlimmer. »David, du wirst es nicht glauben. Du musst sofort ...« Markéta wollte weitersprechen, da hörte sie ein Auto vorfahren. Türen klappten, dann erklangen Stimmen. Sie hielt den Atem an und neigte sich vorsichtig über die Tote, um den Vorhang ein wenig beiseitezuziehen. Durch die Glastür der Galerie sah sie die beiden Beamten von gestern. Sie begannen, nach einer Türklingel zu suchen.

Gott sei Dank, jemand hatte bereits die Polizei alarmiert. Markéta hob schon die Hand, um winkend auf sich aufmerksam zu machen, den Beamten zu bedeuten, um das Haus herumzukommen.

»Markéta!« David klang seltsam gepresst. »Ich habe etwas Furchtbares gemacht.«

»Was?« Auf ihrem Gesicht lag noch das nervöse Lächeln, das sie angesichts der Polizeibeamten aufgesetzt hatte, den Kopf voller Fragen. Jetzt zerfloss ihre Miene. Ihr Blick fiel auf die Tote. Sie musste etwa in ihrem Alter sein, war eine schöne Frau. Gewesen, ehe ihr jemand den Schädel eingeschlagen hatte. Ehe David ...

Die Polizisten hatten die Klingel gefunden. Der Ton schrillte in Markétas Kopf. Sie zog den Vorhang zu. »Was hast du getan?«, flüsterte sie entsetzt in den Hörer.

»Es tut mir so leid.« Ein Aufschrei! Bei David schien der Damm gebrochen. »Es tut mir so leid. Ich ... Markéta, wo bist du?«

»In der Galerie«, murmelte sie. Es war fast nicht mehr zu hören. »Hier bei ihr.«

»Tu nichts Unüberlegtes«, sagte er. »Bitte, bitte, ich ...«

»Ich muss auflegen, David.« Sie beendete das Gespräch, nach kurzem Überlegen schaltete sie das Gerät ganz aus und steckte es in die Hosentasche. Ihre Finger waren kalt, ihre Beine wie Wasser. In ihrem Kopf nur Treibsand. David. In was war er da nur reingeraten? Sie würden das später klären müssen. Markéta schob alle Überlegungen beiseite, bückte sich und packte die Leiche an den Füßen. Mit einem Griff zog sie sie ganz in die Küche. Dann holte sie Luft, trat über den Körper hinweg und durchs Büro in die Galerie, drehte sich um, schloss den Vorhang fest hinter sich und ging zur Eingangstür.

»Dobrý den«, grüßte sie die Beamten. »Um ... um was geht es?«

Sie hielt die Tür auf und blieb in der Öffnung stehen. Der Ältere der beiden kam die Eingangsstufen hoch und zwang sie dadurch zum Zurückweichen. Jetzt standen sie mitten im Raum, keine vier Schritte vom Vorhang entfernt. Sacht bewegte er sich in der Zugluft. Markéta ging um die Beamten herum und schloss die Tür.

»Es geht um das Protokoll.«

»Ah, das Protokoll.« Einatmen auf drei, Ausatmen auf sechs. Markéta zählte, während sie wieder eine Position zwischen den Männern und der Küche einnahm.

»Ja. Wir haben vergessen zu fragen, ob Sie die Mieterin oder Besitzerin des Objektes sind.«
»Besitzerin.«
»Dann sind Sie die Geschädigte.« Der Beamte nahm eine entsprechende Korrektur in den Dokumenten vor. »Andernfalls wären Sie nur Zeugin gewesen. Hier. Wenn Sie bitte noch unterschreiben.«

Später wusste Markéta nicht mehr, wie sie die Prozedur mit diesen zitternden Fingern durchgehalten hatte. Aber sie hatte unterschrieben und Hände geschüttelt. Dann war sie in die Küche zurückgekehrt. Langsam funktionierte ihr Gehirn wieder. In der Spüle standen zwei schmutzige Weingläser, was sie irritierte, denn David hatte seines doch am Vorabend zerbrochen. Und sie war sich sicher, ihres gereinigt und weggeräumt zu haben. Ebenso wie sie die Scherben weggefegt hatte. Die Scherben. Erneut machte sie sich auf die Suche nach Handfeger und Schaufel. Das zerbrochene Glas sah nach den Resten eines größeren Gefäßes aus. Viel zu dick und zu gewölbt für ein Trinkglas. Und auf der Anrichte fehlte die Wasserkaraffe. Ob das die Tatwaffe war? Aber warum hatte David mit der Frau zuvor noch etwas getrunken? Sorgsam fegte Markéta um die Leiche herum. Wer um Himmels willen war sie?

Als sie mit dem Handbesen unter den Küchentisch fuhr, stieß sie gegen eine Handtasche. Markéta zögerte nur kurz, ehe sie sie öffnete. Es war so intim, darin herumzuwühlen, fast, als zöge sie die Frau aus. Aber sie fand, was sie suchte: einen Ausweis, den sie flüchtig studierte, und Visitenkarten mit demselben Namen. Und mit dem Logo des Konsortiums, das in Kašperské Hory aktiv war! David, dachte sie und begann von Neuem zu zittern. Falls es in ihr bis jetzt noch Zweifel gegeben hatte – jetzt konnte sie sicher sein. Die Frau gehörte zu den Goldlobbyisten. Ihr Verlobter hatte mit dem Feind gekämpft und ihn getötet.

Der Dietrich in der Hand der Toten, der ihr schon im ersten Moment aufgefallen war, ließ darauf schließen, dass sie nichts Gutes vorgehabt hatte. Sie war hier eingebrochen. Das Büroschild fiel Markéta ein. Natürlich, sie musste Davids Adresse gegoogelt haben, war an die Hoftür gekommen, die zu ihrer Wohnung führte, und als sie das Schild an der Tür sah, hatte sie daraus geschlossen, dass sich hier der Sitz des Protestkomitees befinden musste. Fast war es zum Lachen. Was hatte sie geglaubt, hier zu finden? Taktische Geheimpläne, Adressenlisten von Dissidenten? Was für ein Wahnsinn!

David hatte sie wohl überrascht; er musste sie in der Nacht gehört haben. Ach, David! Wie konnte er sich dazu hinreißen lassen? Markéta ging zum Kühlschrank. Die angebrochene Weinflasche war weg, aber sie fand Becherovka und schenkte sich einen doppelten ein. Dann stand ihr Entschluss fest.

Sie suchte einen Müllsack. Darin versenkte sie die Handtasche und die Schuhe der Toten, die sie ihr vorsichtig auszog. Dazu musste sie in die Hocke gehen, und dabei fiel ihr Blick auf einen Gegenstand unter dem Küchenregal, der dorthin gerutscht sein musste. Sie griff danach und zog eine Pistole heraus. Lange starrte sie das Ding an. Es ließ sie zittern wie der Anblick einer Spinne. Die Waffe musste der Toten gehört haben; offenbar hatte sie vorgehabt, sie zu benutzen. Vielleicht hatte David in ihre Mündung gestarrt. Armer David! Immerhin konnte sie jetzt davon ausgehen, dass es Notwehr gewesen war. Sie musste ihm helfen. Rasch stopfte sie auch die Pistole in den Sack, dann den Dietrich hinterher, den Ausweis, die Visitenkarten, die Scherben der Karaffe, alles, was sie auf dem Boden fand.

Dann ging sie in ihre Abstellkammer und holte von dort Luftpolsterfolie, die sie üblicherweise brauchte, um verkaufte Bilder zu verpacken. Dazu meterweise schwarzen und roten Pannesamt, der normalerweise zum Drapieren von Objektsockeln und Tischen diente. Mit beidem umwickelte sie die Tote dick und gründlich. Das Ergebnis war formlos und ein wenig dramatisch. Als Skulptur hätte sie es interessant gefunden. Ob Christo wohl je über das Einwickeln von Menschen nachgedacht hatte?

Ach, schäm dich, Markéta! Sie lief hinaus, um ihren Škoda Roomster direkt mit der Heckklappe an die Hintertür heranzusetzen. Er war geräumig genug, die rückwärtigen Fenster waren mit Folie beklebt, und Markéta gratulierte sich dazu, diese Investition für die Galerie vor einem halben Jahr getätigt zu haben. Es war der schwierige Teil, aber sie schaffte es irgendwie, die eingewickelte Leiche in den Wagen zu zerren. Auch den Sack vergaß sie nicht. Die Angst gab ihr Kraft und machte sie hellsichtig. Sie bewegte sich wie eine Schlafwandlerin. Markéta hielt nicht ein einziges Mal inne. Sie fuhr ohne Zögern los und wusste auch genau, wohin sie wollte. David hatte ihr selbst den Weg gewiesen, einige Wochen zuvor, ohne es zu ahnen.

Eigentlich hatte es ein Spaziergang werden sollen, eine lauschige Runde am Abend. Aber in der letzten Zeit hatte alles, was David tat, mit dem Gold zu tun gehabt, und so waren sie auf dem Füchsleinsberg gelandet, wo das Konsortium, wie David ihr erklärte, eine Probebohrung vorgenommen hatte, in aller Stille. Aber sie hatten es herausgefunden und die Arbeit mit Demonstrationen gestört, so gut sie konnten. Die Ingenieure waren abgezogen, übereilt und ohne die Stelle groß zu sichern. Für das Errichten eines Zaunes hatte ihnen die Zeit und vielleicht auch die Lust gefehlt.

Die Wagen und Gerätschaften waren schon längst wieder fort, das Loch nur mit Brettern bedeckt, vom rasch aufsprießenden Unkraut kaschiert; man hatte kaum Spuren zurückgelassen, wie David bitter angemerkt hatte. Aber er als Fachmann hatte die Zeichen zu deuten gewusst und ihr alles genau erklärt. »Zweihundert Meter«, hatte er gesagt, gehe es dort hinunter. Und dass sich bald ein Abgrund von unermesslichen Ausmaßen auftun würde, wenn sie die Pläne der Firmen nicht stoppten.

Damals hatte es sie geschaudert bei dem Gedanken, aber sie war auch voller Zweifel gewesen. David hatte so besessen gewirkt, so gefangen von seinen düsteren Visionen für Kašperské Hory. Dabei hätte der Abend so friedvoll und schön sein können. Die Himbeeren waren fast reif gewesen, und sie hatte Pfauenaugen gesehen.

Jetzt hatte sie kein Auge für Schmetterlinge, die Himbeerranken griffen schmerzhaft nach ihr und verhakten sich im Samt der Leichenhülle, dass es zum Verzweifeln war. Endlich kam ihr der Einfall, eines der Abdeckbretter zu nehmen, die Tote daraufzulegen und sie wie auf einem Schlitten durch das Unterholz zu ziehen. Es gelang, dennoch glaubte Markéta eine halbe Ewigkeit zu brauchen, bis sie die Tote endlich über den Rand des Loches stoßen konnte, das erstaunlich klein und unauffällig war. Markéta wollte zählen bis zum Aufprall und lauschte, aber vergebens. Fast hätte sie den Sack vergessen, noch einmal stapfte sie durch das Unterholz ins Dickicht, dann war alles getan, sie schob die Bretter wieder zurecht, bis auf eines, das sie im Gras liegen ließ. Das Leichenbrett. Wer es anfasste, wäre verflucht. War sie es bereits?

Markéta versuchte, sich Mut zu machen. Sie hatte nur eine Spekulantin entsorgt. Zum Wohle der Allgemeinheit im Grunde. Und für ihren Freund. David würde ihr nie wieder vorwerfen können, dass sie sich nicht für seine Sache engagierte.

Im Auto fiel ihr ihr Mobiltelefon ein. Sie musste es wieder anstellen. Ihre Finger zitterten so, dass es ihr erst nach dem dritten Versuch gelang. Acht Anrufe von David, zwei von Hanka, einer von Petr. Sie löschte alles, was auf der Mailbox war, ohne es abzuhören. Dann sank sie über dem Lenkrad zusammen und weinte. Aber nicht lange. Um 19 Uhr war die Eröffnung der Ausstellung.

Markéta räumte Sekt in den Kühlschrank und stellte Glaskelche auf Tabletts, als sie Davids Lippen auf ihrem Nacken spürte. Sie hielt in der Arbeit inne, und auch er verharrte. Beide schoben sie das erste Wort hinaus.

»Du hast aufgeräumt«, murmelte er endlich.

Sie hatte aufgeräumt! Das waren seine ersten Worte an sie? Mit plötzlich aufwallendem Unwillen fuhr sie herum. »Du hast ja auch eine Menge liegen lassen.«

Er schaute zur Seite. »Etwas in mir wollte wohl, dass du es entdeckst.«

Etwas in ihm ...?! Marketa schnappte nach Luft. Nun, das war ihm gelungen. Sie hatte es entdeckt. Sie hatte einen Mord für ihn gedeckt, sich mitschuldig gemacht. Und er hatte sie da absichtlich mit hineingezogen? »Gratuliere.« Sie schmeckte Galle. Von dem Triumphgefühl am Bohrloch keine Spur mehr.

»Du bist sauer«, konstatierte er.

Sie war sauer? Oh, und ob sie sauer war! Und hatte sie nicht allen Grund dazu? Die Wut überwältigte Markéta derart, dass sie herumwirbelte, Flaschen in beiden Händen und kurz davor, sie ihm nacheinander über den Schädel zu ziehen. Das kurz aufblitzende Bild von geronnenem Blut im Haar ließ sie lange genug innehalten, dass er ihre Handgelenke packen konnte.

Mit einem Mal sprudelte es aus ihm heraus. »Ich bin nicht stolz darauf. Aber als ich nachts runterging, weil ich nicht schlafen konnte, und sie in der Küche fand, da ... da ...«

»Die Konsortium-Frau.« Ihre Stimme war ohne Mitgefühl.

»So hab ich sie in dem Moment gesehen, ja. Ich war so wütend. Herrgott, Markéta, nach unserem Gespräch ... Allein der Gedanke, dass sie Geld nimmt von diesen ... diesen ... Ich hab sie total angeschrien. Aber dann kamen wir ins Gespräch, sie und ich, wir haben uns ausgesprochen. Es war noch Wein da. Und ich war sauer auf dich, und sie hat gelacht. Und dann kam eins zum anderen und dann, dann ...« Er holte Luft. »Dann haben wir miteinander geschlafen.«

Markéta starrte David an. Er war ihr in diesem Moment vollkommen fremd. Die Welt war ihr fremd. »Und dann hast du sie ...?«

»Heimgefahren«, gab er zu. »Sie hatte ja diesen Rahmen dabei, den sie noch ausgewechselt hat. Markéta, es tut mir leid. Es war eine Ausnahmesituation. Ein ... ein Affekt. Du weißt, ich würde nie ... Und schon gar nicht Hanka. Sie ist doch eigentlich überhaupt nicht mein Typ.«

In Markétas Kopf war es einen Moment lang still wie im Weltall. Dann begriff sie. »Du hast mit Hanka geschlafen. Hier.« Das erklärte die Gläser in der Spüle. Sonst erklärte es nichts. Markéta ließ die Flaschen sinken. Sie musste sich abstützen. Sie musste atmen. Sie musste nachdenken.

»Tut mir leid.«

»Sonst hast du hier nichts gemacht?«

David runzelte die Stirn. »Sei nicht so zynisch, Markéta. Ich hab doch gesagt, es tut mir leid.«

Ihre Ohrfeige kam halbherzig, schien ihn aber zu erleichtern. Er begann ihr mit dem Bestücken der Tabletts zu helfen. Er polierte Gläser, richtete Schnittchen an, entkorkte Rotweinflaschen und trug Mineralwasserkästen herein, ohne gebeten worden zu sein. »Die Karaffe ist weg«, murmelte er. »Komisch.«

»Stell das Wasser in Flaschen hin«, sagte sie mechanisch. »Es sind eh die kleinen.«

Er wagte einen Kuss auf ihre Wange. »Ihr Sponsor ist übrigens nicht das Konsortium. Stell dir vor, es ist ein Friseur aus Pilsen.«

Markéta erwog eine zweite Ohrfeige, aber sie brauchte ihre Kraft für die Vernissage. Stattdessen sagte sie tonlos: »Nimm dir Kuchen.«

Die Vernissage war ein voller Erfolg, die üblichen örtlichen Kunstverdächtigen ließen sich fast geschlossen blicken. Außerdem kam jemand vom Touristbüro, ein paar aus dem Stadtrat, der Pfarrer und einige Sušicer. Sogar Autos mit Pilsener Kennzeichen standen in der Gasse. Die Bürgermeisterin war anwesend und verschlang Petr mit Blicken. Der aber blieb ungewöhnlich stumm. Markéta kämpfte sich durch das Gedränge zu ihm durch und reichte ihm einen Sektkelch. »Mach dir nichts draus«, rief sie gegen die Musik an, die ein Cousin von Hanka auflegte. »Sie taucht sicher noch auf.« Die Prager Galeristin war nicht erschienen, entgegen ihren Beteuerungen. Auch Markéta war enttäuscht. Aber in ihrem Universum hatten sich die Dinge an diesem Tag ein wenig relativiert. Sie war schon dankbar, dass kein Mannschaftswagen der Polizei vor der Haustür stand.

Petr biss sich auf die Lippen. Dann schüttelte er den Kopf.

»Petr, ich bin sicher, sie meldet sich.« Markéta wunderte sich, derartiger Kleinmut war sonst nicht Petrs Art. Jetzt lachte er seltsam bellend auf. »Ganz bestimmt nicht.« Er starrte das Sektglas an, als bemerkte er es erst in diesem Moment. Dann stürzte er den gesamten Inhalt auf einmal hinunter.

Er tat Markéta leid. »Weißt du was«, sagte sie. »Ich rufe sie an. Ich hab ja ihre Mobilnummer.«

Erst schien es, als wollte er protestieren, dann machte er eine resignierte Handbewegung. Im nächsten Moment wischte er sich Schweißtropfen von der Stirn. Markéta, die ihm ein Lächeln zu schenken versuchte, während der Ruf hinausging, sah, wie er das Glas in seinen Händen hektisch drehte und drehte.

Dann hörte sie an ihrem Ohr die Stimme der Frau. »Ivana Svobodová?«

Petrs Glas zerbrach mit einem hörbaren Pling. Schon wieder Scherben, dachte Markéta. Sie betrachtete das Blut, das zwischen Petrs Fingern hindurchquoll. Es dauerte eine Weile, bis sie realisierte, was am Telefon gesagt wurde. »Aber dann sind Sie ja schon fast da. An der nächsten Abzweigung links, am Marktplatz vorbei, die erste rechter Hand. Sie können unsere beleuchteten Fenster gar nicht übersehen. Wir freuen uns.«

Die elektronisch verzerrte Stimme sprach schnell.

»Ich werde es ihm ausrichten«, versprach sie. »Er wird sich sehr freuen. Petr«, wandte sie sich dann an den Glaskünstler, »sie hat sich nur verfahren. Und sie ist ganz wild auf dich, sagt sie. Sie will mit dir über eine Ausstellung in Wien sprechen. Aber da muss sie mich mit ins Boot holen, hörst du. Du hast bei mir zuerst unterschrieben.«

Die Freude in Markéta war in dem Moment so groß, dass sie durchatmete und sich umschaute. Da stand Hanka, die alles gehört hatte und der es recht geschah, dass Petr an ihr vorbeizog, oh, so recht. Markéta hatte bei ihrem Anblick Mühe, all die Bilder zu unterdrücken, die in ihr aufstiegen, von David und Hanka in heißer Umarmung. Und dort hinten David, schwankend zwischen Argwohn und dem Eifer, ihr wieder zu gefallen. Der ihren Erfolg schlucken würde. Kauen, schlucken und verdauen. Oh, sie wünschte sich fast, Petr hätte das Konsortium als Sponsor hinter sich, und sie würde dank seiner dort künftig aus und ein gehen. Die Goldmarie mit ihrem Goldfasan.

»Aber«, sagte Petr. Und wiederholte. »Aber.« In seinem Gesicht stand völliges Nichtverstehen. Endlich entfuhr ihm. »Wer war dann die Frau?«

Das Triumphierende, das sich auf Markétas Gesicht geschlichen hatte, wurde blasser und erlosch. Im nächsten Moment knipste sie es in einer verbilligten Version wieder an und schwenkte es einmal in die Runde. »Das drückt ja so viel aus!«, hörte sie die Bürgermeisterin vor einer der Skulpturen ausrufen. Jemand referierte die Bedeutung der Glashütten für die Böhmerwälder Wirtschaft des 18. Jahrhunderts. »Ist das echt?«, fragte ein Kind, das vor einem Bild von Hanka stand und auf das blinkende Gold zeigte. Hankas Cousin legte ein Lied von Hana Hegerová auf.

»Komm«, zischte Markéta und zog Petr hinter den Vorhang, durchs Büro, die Teeküche, auf den Flur, hinein in die Abstellkammer, deren Tür sie nachdrücklich schloss.

Obwohl viele Meter Luftpolsterfolie und der gesamte Pannensamt fehlten, war so wenig Platz, dass sie fast Nase an Nase standen. »Ich höre«, sagte sie.

Es war im Grunde ganz einfach. Petr war auf Kneipentour gewesen und auf dem Heimweg noch einmal an der *Galerie Goldmarie* vorbeigekommen. Er hatte Licht gesehen und gedacht, dass sie vielleicht noch in der Küche beisammensäßen. Und dass er einen Schlummertrunk kriegen könnte. Statt Markéta aber hatte da eine fremde Frau gestanden. Er hatte sie nur von hinten gesehen: blond, elegant. Aber er war sich plötzlich sicher gewesen, Ivana Svobodová zu erkennen. Er hatte sie zwar nur einmal zuvor zu Gesicht bekommen, bei einem Zoom-Meeting. »Aber diese Klasse! Eindeutig!« Und offenbar war sie so interessiert an ihm, dass sie extra früher anreiste. Nun, er war betrunken gewesen, sehr betrunken, deshalb hatte er es für eine gute Idee gehalten, sich anzuschleichen und sie von hinten zu umarmen. Sie hatte mit etwas nach ihm geschlagen, dabei nur knapp sein Gesicht verfehlt und ihm dann eine Pistole unter die Nase gehalten.

»Wieso haben Galeristinnen eine Pistole? He, Markéta?« Sein ratloser, verzweifelter Gesichtsausdruck, während er diese Frage und alle anderen Fragen, die sich daran anschlossen, in seinem Geist wälzte und offenbar zu keiner Antwort kam, war beklagenswert. Den einfachen Schluss, dass es sich nicht um Ivana gehandelt haben konnte, eben weil Galeristinnen nicht mit Pistolen herumlaufen, war er nicht mehr in der Lage zu ziehen. Die Einsicht hätte ja auch nur die Erkenntnis nach sich gezogen, dass er eine völlig Unbekannte ermordet hatte, eine nicht weniger erfreuliche Aussicht. Petr hielt sich da offensichtlich lieber ans Vertraute.

Es sei, sagte er, eine reine Reflexbewegung gewesen, dass er nach der Karaffe griff. Genau genommen hätte er nach irgendetwas gegriffen, um sich zu verteidigen. Aber eben die Karaffe sei ihm in die Finger geraten. Er habe einfach zugeschlagen.

»Sie hat mich ja zuerst geschlagen.« Seine Stimme war die eines jammernden Kindes. Er zog das Hemd beiseite, ehe Markéta protestieren konnte, und zeigte ihr den blutunterlaufenen schwarzen Fleck unter seinem rechten Schlüsselbein. Der Pistolenknauf hatte ganze Arbeit geleistet. »Vielleicht ist es sogar gebrochen«, klagte er. Sie sparte sich die Frage, warum er nicht beim Arzt gewesen war. Sie sparte sich sämtliche Fragen. Und auch Petr war inzwischen verstummt. In seine Leidensmiene schlich sich eine erste Spur Irritation. Zweifellos begann er sich zu fragen, wer die Frau gewesen sein mochte, wenn es sich gar nicht um Ivana Svobodová handelte. Und wohin ihre Leiche wohl verschwunden war. Und was Markéta mit all dem zu tun hatte.

Es klopfte an der Tür. David steckte den Kopf herein. Markéta sah seine Verwunderung. Du und Petr?, schien sein argwöhnischer Blick zu fragen. In der Abstellkammer? Und ihrer signalisierte feurig: Du und Hanka in der Küche. Sag etwas, wenn du dich traust. Er biss sich auf die Lippen. Sie verschränkte die Arme. Er überlegte. Sie gewann.

»Madame Svobodová ist soeben eingetroffen«, verkündete David sehr zeremoniös. »Ich dachte, du würdest sie begrüßen wollen.«

Markéta unterdrückte ein grimmiges Grinsen.

»Dein Auftritt, mein Lieber«, sagte sie zu Petr, küsste ihn demonstrativ auf die Wange und schob ihn vor sich her. Es war ohnehin Zeit, das Gespräch zu beenden. Die Galeristin sollte ihn auf andere Gedanken bringen. Ivana Svobodová würde bald in Prag, Regensburg und Wien einen *Goldmarie*-Künstler präsentieren. Markéta war sich sicher, dass Petr ihr das Alleinvertretungsrecht an seinen Arbeiten gerne übertragen würde. Sehr sicher. Sie mochte die Agentin eines Goldkonsortiums ja vergeblich versenkt haben, was David anging, aber dennoch würde sich die Vertuschung dieses Mordes für sie lohnen. Etwas Großes begann heute.

Oder es würde enden: In ihr Triumphgefühl hinein leuchtete durch die Glastür der Galerie plötzlich das Blaulicht eines Polizeiwagens. Mit unbewegter Miene ging Markéta an allen vorbei, die den Raum füllten und ihr nachsahen. Sie sagte kein Wort. Sie würde sich von niemandem verabschieden. Mit kalten Händen öffnete sie dem Beamten.

Er zog die Mütze und lächelte. »Ihr Durchschlag. Ich dachte, ich bringe ihn persönlich vorbei.« Markétas Erwiderungslächeln war gläsern, aber beharrlich. »Bleiben Sie doch«, lud sie ihn ein. »Trinken Sie ein Glas. Wir feiern heute, wissen Sie. David.« Mit einer Geste wies sie ihren Freund an, sich um den Polizisten zu kümmern.

Markéta wandte sich ab, um das Protokoll für die Versicherung im Büro abzulegen. Als sie quer durch den Ausstellungsraum schritt, knirschte es unter ihren Schuhen. Die Scherben von Petrs Glas vorhin. Langsam, dann schneller, mit wachsendem Schwung, ging Markéta, den Handfeger zu holen. Scherben brachten Glück.

Friederike Schmöe
Auf der Himmelsleiter NEUSCHÖNAU

Komm her, Schwester, gieß mir noch ein wenig Milch in den Kaffee. Wir werden länger hier sitzen. Die Geschichte zieht sich, verstehst du? So eine Sache, die ist nicht in wenigen Minuten runtererzählt. Die braucht Zeit. So wie eine anständige Wanderung. Schritt für Schritt die Himmelsleiter hinauf, auf den Lusengipfel, erinnerst du dich? Wie viel Schweiß wir vergossen haben, wie uns die Füße wehtaten! Damals gingen wir regelmäßig mit Vater wandern, das waren Zeiten, ich sag's dir.

Danke für den Kaffee übrigens, hm, eine hochwertige Röstung, und Pralinen hast du auch gekauft, du bist anscheinend doch nicht mehr so knausrig, wie du mal warst, was, Schwester?

Kannst es dir wohl leisten, großzügig zu sein. Ein schönes Haus hast du. Das Anwesen der Eltern hast du verkauft, um dann dieses zu bauen. Es lief gut für dich, das Grundstück war einiges wert, immerhin gilt unsere Region als beliebte Feriengegend.

Ich war ja nicht da, als es drum ging, die Beute zu verteilen. Ich war keine Konkurrenz mehr. Einfach weg, aus den Augen, aus dem Sinn. Du bist hier runter nach Neuschönau mit deinen Bauplänen. Da oben in Waldhäuser, am Ort unserer Kindheit, war es dir mit Sicherheit zu rau, zu steil, zu windig. Zu nah an der Vergangenheit. Und zu nah am Lusen. Die Gefahr, und sei sie noch so unwahrscheinlich, dass ich zurückkehren könnte, hielt dich in Schach, machte dir Angst, du warst ja Vaters Augenstern, du hast dich nie um den Dreck kümmern müssen wie ich. Wenn Mutter zusammenbrach und Blut spuckte, wenn wir von Arzt zu Arzt zogen, wenn wir uns auf die Wartelisten für Untersuchungen schmuggelten, wenn sie weinte und vor Schmerzen verrückt zu werden drohte, schließlich unter dem Einfluss der Medikamente zum Zombie wurde.

Das waren Mutters Probleme. Mit denen hattest du dich nicht abzugeben. Und Vater auch nicht. Weil ihr beide einfach beschlossen habt, dass dieses Dreckszeug eure Sache nicht ist.

Reich mir mal die Schale mit den Haferkeksen. Sehen gut aus. Gekauft? Habe ich mir gedacht. Backen konntest du noch nie. Wenn du sie gebacken hättest, wären sie steinhart.

Nun, ich bin zurückgekehrt, wie du siehst, unerwartet, und du zitterst vor Furcht. Wie ich davongekommen bin? Wahrscheinlich habe ich die gelungene Flucht meiner Zähigkeit zu verdanken. Obwohl ich nun auf einem Auge blind bin, immer noch an Gleichgewichtsstörungen leide und infolgedessen mitunter an Übelkeit, bin ich keineswegs auf den Kopf gefallen. Mir ist bewusst, dass du dich in Neuschönau eingerichtet hast, weil du die Gegend liebst und weil du für deine Kinder ein gutes Auskommen willst. Anders als unsere Eltern es taten, planst du frühzeitig. Wer was bekommt. Die Tochter dies, der Sohn jenes, Streit wolltest du schon immer von vornherein vermeiden. Du bist geschieden, mit deinem Ex hast du abgeschlossen, und was er den Kindern vermacht, kann dir einerlei sein. Außerdem bist zu feige für einen Neuanfang. Einen richtigen. Wobei – wir werden sehen, wozu du dich durchringst, wenn wir hier fertig sind. Gemach, gemach, erst mal Kaffee, und dann werden wir eine Entscheidung treffen. Nur nicht hudeln.

Es war sehr dunkel, damals, als du mich rausgelockt hast. Mutter war gerade vier Wochen tot. Auf der Beerdigung hast du dich besser geschlagen als ich. Ich könnte mich jetzt verteidigen. Sagen, dass ich ihr näher war und dass ich deshalb vor Tränen nicht ein noch aus wusste. Der Doktor hat mir Tabletten verschrieben, die habe ich nicht genommen, nicht zur Beerdigung. Ich wusste schließlich, was die Pillen mit unserer Mutter angerichtet haben. Lieber wollte ich leiden, trauern, weinen und schreien, mich vor den anderen schämen, aber keinesfalls neben mir stehen, als sei ich ein zweites Selbst, das dem ersten Selbst zuschaut, wie es taub und tumb an einem offenen Grab steht und hineinstarrt. Schau nicht so betrübt. Ich nehme an, dass du dich mit Chemie vollpumpst, wenn du nicht schlafen kannst, weil dich in den Nächten verfolgt, was du getan hast. Schon immer waren wir wie Feuer und Wasser. Hätte es nicht trotzdem eine Lösung geben können? War es wirklich nötig, bis zum Äußersten zu gehen?

Setz ruhig noch einmal Kaffee auf. Kaffee hilft immer. Ein altes Rezept gegen die Panik. Koffein macht Herzklopfen, das übertönt den Pulsschlag der Angst. Hielt es Vater nicht so?

Na gut, Mutter wusste es. Sie bekam alles mit, auch wenn sie so tat, als wäre nichts. Über Jahre. Du kannst mir übrigens nichts vorwerfen. Ich bin die Jüngere. Ich verstand nichts, gar nichts. *Du* hättest *mir* helfen müssen. Aber dazu warst du nicht bereit. Natürlich gestehe ich ein, dass auch du ein Kind warst. Mutter wäre die Anlaufstelle gewesen, doch sie traute sich nicht einzuschreiten, sie schwieg, sie fraß das Entsetzen in sich hinein, den Ärger, die Demütigung, und ich glaube, sie wusste, dass du stolz warst: dass Vater dich gewählt hat. Nicht Mutter. Nicht mich.

Was für einen herrlichen Blick du aus deinem Wohnzimmer hast, das ganze Bergpanorama liegt vor dir, der Lusen, der Rachel, der Große und der Kleine, alles grün, jetzt im Sommer, der blaue Himmel, Schäfchenwolken, und ja, damals in Waldhäuser, da gab es auch diese Tage! Blankes, wolkenfreies Sommerglück! An denen waren wir richtige Bergfexe, jeden Nachmittag draußen, an den Wochenenden mit Vater auf dem Lusen, den Sommerweg hinauf, Durchschnaufen an der Gläsernen Arche, zusehen, wie das Licht glitzert in den vielen Glasscheibchen, die zusammen dieses riesige, in der hölzernen Hand eines Giganten ruhende Glasschiff erschaffen. Der Riese wäre ein guter Riese, machte Vater uns weis, der die Menschen unterstützt, er hält ja das Schiff, sagte er. Heute male ich mir aus, die hölzerne Hand gehörte einem Dämon, der sich einen Spaß daraus macht, gute Taten vorzugaukeln, um nachher die Menschen zu zerquetschen, die Gläserne Arche in abertausend Stücke zerspringen zu lassen, in türkise Lichtblitze. Ein Dämon, der bisher nur eine Hand aus der Erde gestreckt hat, aber sich bald die Freiheit nehmen wird, ganz seinem finsteren Reich zu entschlüpfen, einer mit Teufelshörnern und gespaltenem Schwanz, einer, dessen Augenweiß von roten Adern durchzogen ist.

Weißt du, Schwester, so einer war es, der mich damals im Herbstnebel in seine Welt gezerrt hat. In ein dämmergraues Universum aus Schmerzen, zerrissen von türkisgrellen Lichtreflexen, aber doch ein Ort, an dem ich noch einen Willen hatte. Angst, Zorn, Unglauben, Schmerz, Hoffnungslosigkeit, Trauer – und immer wieder der Drang zu überleben. Wie ein Tier, das sich zurückzieht, nichts tun kann außer liegen und warten, sich schützen und warten, die Wunden lecken und warten. Ich weiß, du dachtest, ich sei tot.

Doch ich lebte. Nur noch ein bisschen, aber das genügte. Wir hatten Frost in jenen Nächten, und ich kann nicht sagen, wie viele ich in meinem kläglichen Zustand draußen verbrachte. Ich leckte Wasser von einem Stein neben mir. Graupel bedeckte mich nachts, schmolz bei Tag in der Sonne.

Eine Zeit lang war ich bewusstlos. Wanderer aus Böhmen haben mich gefunden, weißt du? Sie kannten mich nicht. Wenn sie Einheimische gewesen wären, hätten sie gleich gesagt, ja, das ist sie doch, ihre Mutter ist erst vor Kurzem gestorben, das ist ja was, schnell, verständigen wir die Familie. Aber für diese braven Leute war ich nur ein verrottender menschlicher Komposthaufen. Der Hubschrauber hat mich direkt vom Berg nach Passau geflogen, da kannte mich erst recht keiner. Du hast zwar, wie man mir sagte, herumtelefoniert, aber nicht bis Passau, nur in der näheren Umgebung, als Alibi, damit es dann nicht heißt: Ihre Schwester ist weg, und Sie tun nichts!

Ich hatte keine Papiere bei mir. Ich sprach nicht. Zuerst nicht, weil ich im Koma lag, dann nicht, weil ich nichts zu sagen hatte. Bruchstückhaft kehrten die Erinnerungen zurück, unzuverlässige Schemen, gläserne Splitter der türkisgrünen Arche, das erste innere Bild war Vater. Vater, wie er in unser Zimmer kommt und dich holt, und wie du leise rausschleichst, auf Zehenspitzen. Manchmal legte ich mich auf den Boden und lauschte, und ich hörte euch im Wohnzimmer, ich verstand nichts. Zugleich war ich überwach, aufmerksam, eifersüchtig. Glaubst du mir?

Lass gut sein, ich will nicht darüber sprechen, nicht mehr heute. Du hattest deine Gründe. Nur dass du mich töten wolltest – das hat mich schockiert. Denn das hattest du vor, oder? Warum sonst hättest du mich liegen lassen sollen, etwas abseits vom Gipfel, weit weg von der Schutzhütte, zwischen den Fichten, hinter einem Felsen, sodass man mich nicht gleich finden würde? Du hast doch geglaubt, ich wäre tot, vollkommen unmöglich, dass ich überlebe, dass ich nicht sofort an den Verletzungen sterbe, und wenn nicht, dann würden mir schon Nässe und Kälte den Garaus machen. Aber mein Körper war dummerweise zu stark, widerstand deinen Plänen. Die Kleine ist zäh, das hat Mutter immer den Nachbarinnen erzählt, als wir eine nach der anderen die Kinderkrankheiten durchmachten. Masern, Mumps, Windpocken, Scharlach. Die Kleine ist zäh, robuster als die Große, sie ist wirklich ein Kraftpaket, hat Mutter zu berichten gewusst, den Kopf dabei geschüttelt. So getan, als könnte sie das alles nicht begreifen, doch tief drinnen war sie stolz auf mich. Die Kleine mit dem Klumpfuß, mit dem angeborenen Hüftschaden, die trotzdem umhertollt wie ein Kobold, die jedes Wochenende mit dem Vater wandert, die die Zähne zusammenbeißt, wenn der Schmerz kommt. Ja, die Kleine ist zäh. Nicht hübsch, nicht einmal ansehnlich, krumm, missgebildet, aber zäh.

Im Krankenhaus fielen mir alle Haare aus, weißt du das? Ich hatte eine Glatze, als ich aufwachte. Und war blind auf einem Auge. Recht bald erschienen zwei Polizeibeamte, fragten mich aus, ich sah weg, guckte ihnen einfach nicht in die Augen, in mir steckten Schläuche und anderes Zeug, und selbst, wenn mich einer von ihnen vorher mal gesehen hätte, wäre nichts an mir ihm bekannt vorgekommen. Die mit der Glatze. Hohläugig. Abgemagert. Ein Bein hochgelagert.

In meiner Kleidung hatten sie die Schachtel tschechische Zigaretten gefunden, die unser Cousin im Café in Neuschönau hat liegen lassen, und die ich einsteckte, um sie ihm später zurückzugeben. Deswegen glaubten sie irgendwann, ich sei aus Tschechien. Ein Dolmetscher suchte das Gespräch, vergeblich.

Als die Physiotherapie langsam anzuschlagen begann, lief ich weg. Ich klaute die Kleidung meiner Zimmergenossin, verließ das Krankenhaus und überlebte draußen. Es war Sommer geworden.

Und jetzt sitze ich hier. Nach so langer Zeit! Die Haare sind nachgewachsen. Du hast mich längst vergessen, tagsüber, nachts sieht es anders aus in deinem Inneren. Deine Kinder haben nicht mehr nach der Tante gefragt. Ach, was du nicht sagst, die Kinder sind mittlerweile fast erwachsen, die führen ihr eigenes Leben? Schön für die Kinder! Lassen wir sie außen vor. Besser als andere weiß ich, wie wenig ein Kind verändern kann. Die Rollen sind zu strikt verteilt, zu ausgefeilt, kein Kind kann sich dauerhaft dagegenstemmen, höchstens sich verweigern, dann nennt man es renitent, ungezogen, missraten. Im Ernst, ich habe gelernt, Überleben ist möglich, wenn du selbst dich veränderst, dich anpasst, deine Nische findest. Meine Nische war immer die Zähigkeit. Und dass ich schweigen konnte.

Genau das wirfst du mir jetzt vor? Dass ich auch mal was hätte sagen können? Mach dich doch nicht lächerlich, Schwester, ich war zu klein, ich hatte keine Ahnung, was im Wohnzimmer geschah. Ich weiß nur, dass irgendwann Schluss war mit Vaters nächtlichen Lockrufen, dass er nicht mehr in unser Zimmer kam, dass du nicht mehr hinausgingst, ich war knapp zehn, du vierzehn, tja, da hörte es auf. Mutter sagte, du wärest krank, ein paar Tage lagst du im Bett, und als du wieder gesund warst, machtest du es dir zur Gewohnheit, unsere Zimmertür nachts abzuschließen. Hast du dich eigentlich nie gefragt, warum ich dies unkommentiert ließ?

Gieß mir noch eine Tasse Kaffee ein, bitte, sei so nett. Du brühst ihn so auf, wie Mutter das tat, der Geschmack treibt mir beinahe die Tränen in die Augen, so ein wenig rauchig, stark, mit einem Hauch Schokolade. Eine Wohltat. Denn dort, wo ich die letzten Jahre verbracht habe, war der Kaffee eine dünne braune Brühe. Oder schlicht nicht existent.

Weißt du, vielleicht erwarte ich einfach, dass du sagst, es tut dir leid. Wahrscheinlich ist das mein eigentliches Ansinnen. Deswegen bin ich zurückgekommen. Meine eigene Schwester wollte mich töten, und fast wäre es ihr gelungen. Wie willst du mit dieser Schuld leben, frage ich dich? Die wirst du nie mehr los. Selbst wenn ich verschwinde, von Neuem, wenn ich abtauche, diesmal für immer, als hätte es mich nie gegeben, und sei gewiss, genau das werde ich tun, sogar dann: Die Schuld wird dich zerfressen. Du wirst weiterhin nur mit Chemie schlafen können, in den Gesichtern deiner Kinder und deren Kindern nach meinen Zügen suchen, und haben wir nicht immer gestaunt, dass deine Kleine meine Augen hat? Wenigstens hat sie nicht den Klumpfuß und die krummen Glieder, hast du das nicht zu deinem Ex gesagt, erleichtert lachend? Haben nicht die Nachbarn darüber getratscht, was für ein Glücksfall es ist, dass diese kaputten Gene nicht noch mal hochgekommen sind?

Soll deine Tochter es nicht besser haben? Wirst du Angst bekommen, wenn sie ihre ersten Erfahrungen macht im Leben? Mit Männern? Wird sie verreisen, und du weißt nicht, wo sie ist? Was wirst du denken? Dass ich sie auf dem Schirm habe, ihren Aufenthaltsort kenne, wohin sie auch gehen wird, dass ich ihr Dämon sein werde, mit meiner magischen Hand das gläserne Schiff zerschmettere, sie in das tiefe, grauschwarze Dämmerreich verschleppe, ich, eine gepeinigte Frau, die Rache nimmt?

Du wolltest Vater für dich. Und du wolltest das Erbe für dich. Nach allem, was mit Vater war, fandest du, es stünde dir zu. Ich war gut genug, mich um Mutter zu kümmern. Danach konntest du die Missgeburt loswerden. Die Kleine, die mit den schlechten Eigenschaften, doch die Zähigkeit, die hat mich gerettet, denn auch solche wie ich hängen am Leben!

Mein Gott, wie ich dieses Panorama liebe! Du hast einen herrlichen Platz für das Haus gewählt, Respekt, wirklich! Und es ist auch nicht ganz so einsam wie oben in Waldhäuser. Nicht ganz so neblig, nicht ganz so kalt. Nicht immer. Eine Idylle, um Kinder großzuziehen, um sich einzurichten, sich auf die Zeit zu freuen, in der man wieder sein eigener Herr sein wird, bis die Kinder mit ihren Kindern zu Besuch kommen. Anders als ich hast du die Natur lieber durchs Fenster betrachtet, als dich in ihr zu bewegen. In dieser Hinsicht ähnele *ich* unserem Vater, nicht du. Er liebte die Berge. Wie er über die Himmelsleiter auf den Lusengipfel stieg! Jeder Schritt ein Steig, doch seine Schritte waren von einer Eleganz, die ich mit meinem Fuß, meiner Hüfte nie werde erreichen können. Nichtsdestotrotz konnte ich ihn bewundern, ich wollte so sein wie er, mich dem Rhythmus meiner Schritte hingeben. Weißt du noch, wie wir im Winter durch den Schnee stapften, um eine Fichte aus dem Wald zu holen? Den Weihnachtsbaum? Der Schnee reichte mir zuweilen bis zu den Oberschenkeln. Du bist groß und grazil. Dir hätte das nichts ausmachen sollen, dennoch hast du gejammert und dich über die Kälte beschwert. Ich musste mich durch den Schnee spuren, eine kleine Raupe, aber die Kälte, die durchweichten Stiefel, die nassen Hosen, nichts machte mir etwas aus, wenn ich nur mitdurfte, mit Vater, wenngleich du dabei sein musstest. Nie hast du uns alleine wandern gehen lassen, stets wolltest du mit, deinen Platz verteidigen, obwohl du die langen Touren verabscheut und spätestens an den steilen Stellen nur noch gemeckert hast. Du hättest wissen können, dass ich, der hinkende Bulldozer, nie eine Konkurrenz war. Dennoch hast du eifersüchtig über mich gewacht.

Erst, als Mutter krank wurde, brauchtest du mich. Damit ich den Dreck wegmache. Sie wickele. Füttere, tröste, beruhige, nachts neben ihr liege. Dir ging ein Licht auf. Auch die kleine krumme Schwester kann nützlich sein! Doch als sie tot war, verlor ich meine Daseinsberechtigung im Haus. Ich hatte nichts beizusteuern. Mein Job war weg, wegen Mutter hatte ich gekündigt, ich stand vor dem Nichts.

Letztendlich könnte ich dir dankbar sein. Du wolltest mir das Leben nehmen und hast mir doch ein neues gegeben! Viele Monate magst du die Erleichterung genossen haben, dass es mich erwischt hat. Doch nachts kroch der Dämon aus der Erde, schleuderte die Gläserne Arche in die Luft, wo sie in einem Splitterregen explodierte, und all die Scherben schnitten in deine Haut, und du wachtest auf und schriest.

Tränen? Ich habe also ins Schwarze getroffen?

Ich habe es mir einfach so vorgestellt, weißt du, denn schon immer konnte ich in dir lesen wie in einem offenen Buch. Aber ja, du hättest tatsächlich einkalkulieren sollen, dass ich nicht tot war.

Hat Vater nie nach mir gefragt? Welche Lüge hast du ihm aufgetischt? Oder hast du ihn eingeweiht? Letzteres, schätze ich. Er wusste stets Bescheid, wenn es um deine Intrigen ging, er ahnte deine Finten im Voraus. Wie geht es ihm? Er ist nicht hier, also hast du ihn ins Pflegeheim abgeschoben? Denn der Krüppel, dessen Dienste sich bei der Mutter bezahlt machten, war nicht verfügbar!

Du brauchst mir keine Begründungen zu liefern. Ich kenne das Pflegeheim, war längst dort, habe mir alles angesehen. Ich weiß, auf welchem Stock er schläft, in welchem Zimmer. Hoppla, das Telefon, das lässt du mal hübsch liegen. Wir werden einen Deal machen, also Finger weg, und ich prophezeie dir, gegen diesen Deal wirst du nichts einwenden können. Wer hat schon eine Schwester, die von den Toten auferstanden ist? So eine Schwester ist mit vielen Dämonen im Bund. Du hast mir den Weg in die Etagen der Unterwelt geebnet, beschwere dich jetzt nicht, wenn es dir an den Kragen geht. Obwohl ich dein Leben verschonen werde. Du warst ein Kind wie ich, älter zwar, aber ich verschone dich.

Hör mir gut zu. Ich weiß von dem Geld, das Vater beiseitegelegt hat. Für dich, natürlich. Dir ist sicher klar, dass darauf zu verzichten ein bescheidener Beitrag zum Gelingen meiner restlichen Lebensjahre darstellt. Ich bin ein Krüppel, werde Ärzte brauchen und Pflege, je älter ich werde, desto mehr, und an meinem desolaten Gesamtzustand hast auch du deinen Anteil.

Das Geld liegt auf einem Nummernkonto. Ich kenne die Bank. Drüben in Österreich, nur ein paar Kilometer hinter der Grenze. Du wirst mir jetzt den Code aufschreiben. Hier, ein Notizblock. Nimm den Stift, den da, den auf dem Tisch.

Du weigerst dich?

Nun, in Kürze wird das Pflegeheim bei dir anrufen. Man wird sehr aufgeregt und verlegen sein. Man will nichts geahnt haben. Im Hintergrund geht vermutlich bereits ein Anwalt in Stellung. Vater ist alt. Er könnte lange dahinsiechen. Womöglich ist es eine Erleichterung, wenn es schnell geht? Wenn die letzte Reise weitgehend schmerzlos verläuft? Hat nicht Mutter genug für beide gelitten? Weißt du, Schwester, der Tod ist nicht das Grausame. Das Schlimme ist, gegen ihn zu kämpfen, da er am Ende sowieso die Oberhand behalten wird, und zwischenzeitlich denkt selbst der wackerste Held, es wäre eigentlich viel einfacher, sofort klein beizugeben. Also, ich wiederhole mich ungern. Du schreibst den Nummerncode nun auf dieses Papier. Glaub mir, ich hatte genug Zeit, mich auf diesen Moment vorzubereiten. Und ich war immer die Ausdauernde. Ich mag auf einem Auge blind sein, mir wird oft schwindelig, ich hinke. Doch mein Kopf funktioniert, und ich habe ein ausgezeichnetes Gedächtnis. Es liegt an dir: Soll er lange leiden? Vor Schmerzen schreien und sich winden? Dann lass dir ruhig Zeit. Oder gönnst du ihm einen raschen Tod? Dann spute dich. So oder so wirst du ihn lebend nie wiedersehen.

Siehst du dieses Handy? Sobald ich den Code habe, tätige ich einen Anruf. Jemand wird das Geld holen. Wenn das Okay dieses Menschen bei mir eingeht, tätige ich einen weiteren Anruf. Anschließend verlasse ich dich, dieses Haus, diesen Ort, diese herrliche Landschaft. Nach dem Lusen habe ich mich gesehnt, kannst du das nachvollziehen? Es wird mir schwerfallen, mich für immer von seinem kahlen Gipfel zu verabschieden.

Weißt du, bei der Chemie kommt es immer auf die Dosis an. Du hast in diesem Zusammenhang ja deine eigenen Erfahrungen. Ein paar Tabletten mehr, und du wirst nicht mehr wach. Dieses Wissen ist doch der Trost, der dich hält, wenn die Dämonen zu sehr wüten, stimmt's? Dabei würdest du es deinen Kindern nie antun, in dieser Weise abzutreten. Es geht nur darum, dass du dich ruhiger fühlst, weil du weißt, da ist ein Notausgang.

Wie ist es nun, schaffst du es, den Stift in die Hand zu nehmen und die Nummer hier auf das Blatt zu kritzeln?

Selbstverständlich werde ich dich nicht hetzen. Wenn du mehr Zeit brauchst, um nachzudenken, wird auch Vater Zeit haben nachzudenken, zu rekapitulieren, zu grübeln, zu weinen, sich zu krümmen, zu erbrechen ... ich verschone dich mit Details. Sterben wird er ohnehin.

Deine Kinder interessieren sich nicht sehr für ihren Großvater. Gib es zu, wann haben sie ihn das letzte Mal besucht? Vor einem Jahr? Vor zwei Jahren? Dass er stirbt, werden sie verschmerzen. Sicher wird es ihnen ein Trost sein, wenn es schnell geht. Du wirst sie nicht mit Schilderungen seiner qualvollen letzten Stunden martern wollen, nicht wahr? Du wirst sie schonen, so oder so wirst du ihnen berichten, es habe nicht lange gedauert, er habe nicht leiden müssen. Sofern dies nicht der Wahrheit entspricht, wirst du auch diese Lüge ganz allein tragen müssen.

Entscheide dich.

Na also. Geht doch.

Leb wohl, Schwester.

Leonhard F. Seidl
Das Wasser bis zum Hals DEGGENDORF

Wildniscamp am Falkenstein, Zwieslerwaldhaus, 17.15 Uhr

Victor Bayerstein strich mit der Daumenkuppe über die scharfe Spitze, die er heute noch auf den Pfeil aufbringen würde. Zu diesem Zeitpunkt war die Nachricht von *Climaterevenge@polsteo.de* bereits an etliche Medien verschickt worden:

Umweltminister Georg Weilgauer wird im Hochwasser ertrinken, wenn Sie die Klimaschutzziele von Paris nicht einhalten.
Die, die heute schon für morgen kämpfen.

Bayerstein schaute zufrieden in den offenen Kamin: das lodernde Fichtenholzfeuer verbreitete wohlige Wärme in dem großen Raum, durch dessen Glaswände man hinaus in die Natur sehen konnte. Der Geruch erinnerte Bayerstein an einen brennenden Christbaum. Kurz musste er an seine Kinder und seine zwei neugeborenen Enkelkinder denken. Versuchte die aufsteigende Zuneigung zu verdrängen, indem er sich wieder auf die Runde konzentrierte.

Die anderen Teilnehmer des Bogenbaukurses hatten sich bereits vorgestellt. Nun war er an der Reihe. In Gedanken versunken, hatte er es versäumt, sich ein Tier und eine Pflanze zu überlegen, die zu seinem Tarnnamen »Frankenstein« passten und mit F begannen. Seine Lieblingsbeschäftigung dagegen lag auf der Hand. Kurz musste er auflachen und sagte: »Fichte, Fuchs und Bogenschießen«, was der große, breitschultrige Kursleiter Karl mit seinen sympathischen Lachfalten und dem Eisenherz-Bart mit einem »Dann bist ja genau richtig da« kommentierte. Alle nickten einvernehmlich. Wie sehr ich dieses pervertierte Harmoniebedürfnis hasse, dachte Bayerstein. Gut, dass die Jungen, wenn es sein muss, schon mal gegen den Strich bürsten.

Im offenen Kamin krachte knackend eine aufplatzende Harzblase, und Glut spritzte auf seinen Unterarm. Eine gedrungene Mama sah sich besorgt um, weil sie seine verbrannten Haare roch.

Deggendorf, Stadtteil Fischerdorf, 17.40 Uhr

Der bayerische Umweltminister Georg Weilgauer sitzt nackt und angespannt auf einem Stuhl. Ruckartig richtet er sich auf, versucht mit Armen und Beinen zu rütteln. Aber der in den Boden betonierte Stuhl bewegt sich keinen Millimeter. Weilgauer stemmt seine am Stuhl fixierten, nackten Füße auf den Boden, das Wasser, das reicht ihm jetzt schon bis zu den Waden; kalt, feucht, bedrohlich. Das Einzige, was sich bewegt, ist Weilgauers Wampe. Seit Tagen hat es nicht aufgehört zu regnen.

Durch die riesigen Boxen dröhnen rauschende Wasserfälle, untermalt von Flöten-Meditationsmusik auf die Ohren des Umweltministers, in denen sich graue Haare kringeln. Weilgauer öffnet seinen Mund, schließt ihn aber gleich wieder, weil das Panzertape an der Haut reißt. Mit dem Klebeband ist der meterlange Schlauch an seinem

Mund befestigt. Dessen Ende reicht in das Wasser zu seinen Füßen. Weilgauers angegrauter Schnauzer bebt.

Auf dem breiten Flatscreen vor ihm wird auf der Seite des Bayerischen Landesamtes für Umwelt in regelmäßigen Abständen der Wasserstand in Deggendorf aktualisiert. Datenquelle: Wasserstraßen- und Schifffahrtsamt, Hochwassernachrichtendienst Bayern. Die Kurve wird in Kürze Meldestufe 1 mit einem Wasserstand von 500 Zentimeter erreichen, den ein gelber Strich kennzeichnet. Darauf folgt Meldestufe 2 mit einem orangefarbenen Strich, der auch für den Hals des Umweltministers steht. Bei Meldestufe 3, die eine blutrote Linie kennzeichnet, wird Weilgauer das Wasser übermannen, wird er ertrinken.

Der Bildschirm switcht:

Bayern 24
17.54 Uhr
Hochwasser-Ticker

Unwetter in Deggendorf: Straßen überschwemmt

Ein kurzes, aber kräftiges Unwetter hat am Nachmittag vor allem im Deggendorfer Stadtteil Fischerdorf Straßen überschwemmt, Gullideckel hochgedrückt, Bäume umgeworfen und Keller volllaufen lassen. Auch Landkreisgemeinden waren betroffen. Laut der Kreisbrandinspektion sind zwölf Feuerwehren ausgerückt.

*****EILMELDUNG*****

Der bayerische Umweltminister Georg Weilgauer wurde entführt. Die Täter fordern die Klimaziele von Paris ein-

zuhalten, sonst würde der Umweltminister ertrinken. Die Bundesumweltministerin Luca Berg (SPD) sagte dazu: »Wir lassen uns nicht von Terroristen erpressen.«

Kriminalpolizeistation Deggendorf, 18.00 Uhr

Kommissarin Amelie Loeb brühte sich einen Bio-Chai-Latte auf und goss Sojamilch hinein.

»Arbeit!« Ihr Kollege David Baschetti hatte unbemerkt die Küche betreten. »Unseren Umweltminister haben s' entführt.«

Ich wusste gar nicht, dass ich einen Umweltminister habe, dachte Loeb und folgte dem breitbeinig stolzierenden Baschetti in den Präsentationsraum. Wie der nur immer durch die Türen passt? Dort saß bereits eine ganze Armee von Kollegen.

»Was wir wissen«, sagte Baschetti und zeigte auf die Mail auf der Leinwand, in der die Morddrohung stand.

Das ist aber nicht viel, dachte Loeb.

»Wer erkundigt sich bei Staats- und Verfassungsschutz und unseren V-Leuten über Aktivitäten in den linksextremen Gruppen?«

Eine Hand ging nach oben.

»Ihr wisst, die beiden Geheimdienste stehen in Konkurrenz«, sagte Baschetti.

Wenn die Konkurrenz auch das Geschäft beleben würde, dachte Loeb.

»Ingrid, du schaust bitte, ob du die Mail zurückverfolgen kannst.«

Dann wären die Entführer ganz schöne Dilettanten, dachte Loeb.

»Wer checkt die Hochwassergebiete in Bayern?«

Wieder ging eine Hand nach oben.

»Die Kollegen befragen schon die Nachbarn vom Minister.«

»Wo und wann wurde Weilgauer zuletzt gesehen?«, fragte Loeb, und alle Köpfe wandten sich in ihre Richtung.

»Gute Frage, Amelie. Im Ministerium. Von dort aus ist er mit seinem persönlichen Berater, dem Biologen Victor Bayerstein, weggefahren.«

Wildniscamp am Falkenstein, Zwieslerwaldhaus, 18.30 Uhr

Victor Bayerstein sagte »Servus«, als die anderen sich mit Maske zur Essensausgabe anstellten. Aufgrund der Pandemie musste sich jeder sein Abendessen selbst am Küchenfenster abholen. Er zeigte auf seinen Bauch und murmelte etwas von Magenverstimmung, was nicht mal gelogen war.

Vor dem Eingang zog er seine Bergschuhe an, ging über den Schotterweg und weiter auf der Wiese hinüber zur Hütte, die einen Steinwurf entfernt vom Hauptgebäude des Wildniscamps am Falkenstein lag. Erleichtert betrat er die spartanische Thoreau-Hütte. Ein Nachbau, der vor über hundert Jahren vom US-Amerikaner Henry David Thoreau selbst erbauten Hütte am See Walden in Massachusetts. Thoreau wollte dort die »wahre Ganzheit« des Lebens erfahren, da nach seiner Meinung in der unberührten Natur die Erhaltung der Welt lag. Weil Bayerstein wusste, dass es nahezu keine unberührte Natur mehr gab und es heute dringlicher denn je war, die Welt zu bewahren, hatte er sich zu diesem drastischen Schritt entschlossen. Kurz musste er daran denken, wie er mit seinem Sohn und der eineinhalb

Jahre jüngeren Tochter in den Wald bei Furth gegangen war und einen Bogen gebaut hatte. Seine Tochter hatte sich anfangs schwergetan, den Pfeil in der Auflage zu halten, weil sie noch zu klein und der Langbogen zu groß gewesen war. Aber mit ein bisschen Übung hatte auch sie es heraus; und traf ins Schwarze. Sie wird auch ohne mich ihren Weg gehen, dachte Bayerstein und sah auf sein Smartphone. Sollte er sie ein letztes Mal anrufen? Aber würde sie ihn vielleicht noch schmerzlicher vermissen, wenn sie auf das letzte Gespräch mit ihm in diesen Tagen zurückblickte?

Also breitete er eine Decke auf den Holzdielen aus, legte sein rundes, safrangelbes Zafu, sein Meditationskissen, darauf und setzte sich aufrecht im Seiza, dem Fersensitz, hin. Durch die Nase atmete er tief in den Bauch ein, aus der Tiefe des Bauches wieder aus und tauchte ab in die Sphären des Nicht-Denkens.

Sein Handy läutete, er verneigte sich, beendete damit die Meditation und erhob sich. Ohne den Anruf anzunehmen. Dann ging er barfuß über die feuchte Wiese. Es dämmerte bereits. Der bewaldete Hang stieg auf zum Gipfel des Falkensteins. Von dort oben war er lediglich ein Punkt, wie eine Ameise. Der Abend wirkte friedlicher, als er war.

Deggendorf, Stadtteil Fischerdorf, 18.35 Uhr

Das Wasser reicht Umweltminister Georg Weilgauer jetzt bis über seinen runden Bauch. Ihn fröstelt. Und er hat Durst. Er saugt gierig an dem Schlauch. Glaubt sich selbst zu schmecken. Spuckt das Wasser wieder aus. Dann trinkt er noch einmal. Schluckt das Wasser. Ich trinke mich selbst, denkt er und lacht debil.

Bayern24
18.40 Uhr
Hochwasser-Ticker

Hochwasser: Bayern erstickt in neuer Flutwelle!

Deggendorf überflutet. Besonders schlimm ist die Situation im Stadtteil Fischerdorf. In Stadt und Landkreis Deggendorf wurde der Katastrophenalarm ausgerufen.

Kamera von oben: Hubschrauberrotoren, Deggendorf, oder das, was noch von der Stadt zu sehen ist, aus der Luft. Dunkelgrüne Bäume ragen aus schlammigem Wasser. Langgezogene Fabrik- und Stalldächer wie Boote im Hochwasser. Nur die bergigen Hügel am Horizont thronen über dem alles verzehrenden Nass.

»Bilder, die an das Jahrhunderthochwasser von 2013 erinnern«, sagt eine Sprecherin. Sonnenschein. Zwitschernde Vögel. Nahaufnahme: Ziegelrote Häuser spiegeln sich in der braunen Überschwemmung, die die Türen verschließt. Ertrunkene Holz- und Steinstapel. Im Wasser treibende Bretter und Bälle. Balkone wie Schiffdecks. Bäume wie Büsche. Ein schwimmender Gülletank.

Der Bildschirm switcht: Der Wasserstand erreicht die orangefarbene Linie, Meldestufe 2. Das Wasser in dem schallisolierten Raum im Deggendorfer Stadtteil Fischerdorf steht Georg Weilgauer jetzt bis zum Hals.

Wildniscamp am Falkenstein, Zwieslerwaldhaus, 18.45 Uhr

Die Erwachsenen stellten gemeinsam mit den Kindern die Tische im Falkensteinraum beiseite, Bayerstein klappte die zu Werkbänken umgebauten Bierbänke auf. Er griff sich einen unbearbeiteten Rattanstock, damit er länger daran zu werkeln hatte als an einem, dessen Ober- und Unterseite bereits abgehobelt waren, und sich nicht mit einer anstrengenden Mutter oder einem gefrusteten Vater unterhalten musste. Der Bogenbaumeister erklärte, dass sich Rattan für den Bogenbau aufgrund seiner Biegsamkeit besonders eigne. Ich habe mich lange genug verbiegen lassen, dachte Bayerstein. Bilder der unzähligen Fahrten und Flüge mit dem Umweltminister, von unzähligen Sitzungen, in denen der alte Mann zynisch über die »Grünen« und die »Ökos« hergezogen hatte, um im gleichen Atemzug Bayerstein fragend anzusehen. Dann wusste Bayerstein genau, was folgte. Es war an ihm, die Maßnahmen in ein grünes Licht zu stellen, nicht Greenwashing, sondern »Greenlightening«, wie er das insgeheim nannte. Und dann folgte wieder das große Fressen, bei dem sich Weilgauer vornehmlich Schweinebraten reinhaute – und der aus Franken stammende Ministerpräsident eine Schweineschulter, ein Schäufele, selbst wenn sie sich im tiefsten Niederbayern aufhielten, wo man mit einem Schäufele-Esser genauso wenig anfangen konnte wie mit einem Veganer, Letzteres schon alleine deshalb, weil Männer Fleisch essen und Bier trinken mussten. Lange genug hatte Bayerstein mit einem Verweis auf seine Figur vermieden, über seine fleischlose Ernährung zu sprechen, und sich Beilagen bestellt. Aber selbst so würde er immer ein Teil des Problems und nicht der Lösung sein. Da konnte er noch so viel im Bioladen und Fairtrade einkaufen, konnte vegan und autofrei leben, Lebensmittel retten. Sein ökologischer Fußabdruck blieb. Darum gab es nur einen Weg.

Die Zeit des Schweigens war vorbei. Jetzt ist die Zeit des Handelns gekommen, dachte Bayerstein und zerbrach den

Bleistift in seiner Hand, mit dem er gerade die Linie zwischen Bogengriff und Bogenende markieren wollte. Die wie am Fließband plappernde Mutter sah ihn erschrocken an, und er hob entschuldigend die Schultern.

Vor dem Feierabendbier schafften sie es gerade noch, von der Mitte des Rattanstocks ausgehend die Griffe der Bögen anzuzeichnen, von wo aus sie dann mit dem Zugmesser das Holz abzogen. Wie die Haut eines Körpers, dachte Bayerstein. Wie die Erdschichten des Tagebaus in Lützerath.

Als die anderen die ersten Biere öffneten, ging Bayerstein wieder zur Thoreau-Hütte. Vor der Tür putzte er sich die Zähne, da es im Inneren kein Waschbecken gab. Hätte er sie nicht geputzt, hätte er sich schmutzig gefühlt, die Regentropfen aber trieben ihn wieder nach innen. Dort zog er sich bis auf Unterhose und Shirt aus und schlüpfte in den Schlafsack. Sein Handy läutete: Amila, seine Tochter. Er versuchte den Kloß im Hals hinunterzuschlucken, was misslang. Trotzdem hob er nicht ab.

Kriminalpolizeistation Deggendorf, 19.00 Uhr

Die nahe gelegene Turmuhr der Stadtpfarrkirche St. Mariä Himmelfahrt schlug sieben. Kommissarin Loeb musste unweigerlich an den Zwiebelturm denken; ihr knurrte der Magen. Sehnsüchtig sah sie den Schweinwerfern der auf dem Parkplatz der Polizeiinspektion abfahrenden Autos hinterher. Ihr Handy vibrierte: *Mama* stand auf dem Display. Hoffentlich hatte das Hochwasser nicht ... Aber dafür war jetzt keine Zeit: Alarmstufe rot! Ihnen lief die Zeit davon – und die Keller um die Donau herum liefen voll.

Die Ermittlungsergebnisse der letzten Stunden waren überschaubar. Als hätte Loeb es vorausgesehen. Der oder die Täter agierten professionell, durchdacht, auch wenn die Tat emotional anmutete. Die Bekennermail war aus einem Internetcafé in Deggendorf abgeschickt worden. Dass es so was noch gab, dachte Loeb. Der Inhaber des Cafés erinnerte sich an einen Mann mittleren Alters deutscher Herkunft. Mehr aber auch nicht.

Der Staatsschutz hatte keinerlei Infos, dass *Ende Gelände* oder *Extinction Rebellion* oder *Fridays for Future* sich noch weiter radikalisiert hätten. Auch die V-Leute des Verfassungsschutzes hatten keinerlei zielführende Informationen. Ist ja nichts Neues, dachte Loeb.

»Am späten Abend«, sagte Baschetti, »werden die Kollegen« – und Kolleginnen, ergänzte Loeb ihn in Gedanken – »vom Staatsschutz noch Hausdurchsuchungen bei Aktivisten« – und Aktivistinnen, fügte Loeb gedanklich hinzu und stöhnte wohl etwas zu laut auf – »aus der Klimabewegung vornehmen.« Er rieb sich die Hände. »Sie denken nicht, dass dabei im Hinblick auf die Entführung etwas herauskommen wird, aber sie warten schon länger auf eine Gelegenheit, um den Druck auf die Ökos zu erhöhen.«

»Wie schaut es bei den Rechten und den Islamisten aus?«, fragte Loeb. »Es gibt ja immer mehr Öko-Nazis.«

Alle Köpfe drehten sich zu ihr um.

Baschetti zuckte mit den Schultern. »Weder Staatsschutz noch Verfassungsschutz sehen dort Anhaltspunkte für eine Entführung.«

Wenn wir so arbeiten würden wie die, dachte Loeb und freute sich auf Sushi und Sake.

Deggendorf, Stadtteil Fischerdorf, 7.00 Uhr

Umweltminister Georg Weilgauer ist in der Nacht immer wieder weggenickt, aufgeschreckt, weggenickt, aufgeschreckt. Hat geträumt zu ertrinken. Im Magen eines Schweines. Das Äußere nach innen gekehrt.

Bayern 24
7.15 Uhr
Hochwasser-Ticker

»Beunruhigend findet der Augsburger Klimaexperte Harald Kunstmann, dass trotz der vorhergesagten starken Niederschläge so viele Menschen zu Schaden gekommen sind. Und trotz der verbesserten Vorhersage ist große Gefahr für Leib und Leben nicht auszuschließen«, so der Klimaexperte.

Ein Foto wird auf dem Bildschirm eingeblendet. Eine erdbraune Fläche wie ein glatt gestrichenes Feld: Hochwasser. Kreisförmige Strudel, von Erdmassen in die Tiefe gesogen. Darunter eine hellbraune, klaffende Wunde. Die braune Flut hat alles mit sich gerissen, was ihr im Weg stand. Autos, Motorräder, Bäume, Menschen. Daneben Häuser, zerbrechlich, bedroht.

Verheerende Erdrutsche in Deggendorf, Bayern.
   »Wir gehen von mehreren Toten aus, wissen es aber nicht«, sagt der bayerische Ministerpräsident Nienhaus in München.

Laster im trüben Wasser, ineinander verkeilt; wie Spielzeug. Auf dem Dach liegende Autos auf grauen Kanalelementen; wie Spielzeug. Ein von einem moosbedeckten Wellblechdach erschlagener SUV; wie Spielzeug.

Wildniscamp am Falkenstein, Zwieslerwaldhaus, 7.30 Uhr

Am Morgen erwachte Bayerstein nach einer traumlosen Nacht. Braune Wolken wälzten sich wie Rauch vor den Falkenstein. Donner grollte in der Ferne. Die Grillen zirpten lauter, als wollten sie ihn übertönen. Der kühle Wind bog die Birke neben der Thoreau-Hütte und schüttelte die Blätter. Wetterläuten mischte sich ein. Graue Wolken schoben sich vor den braunen Dunst, und Tropfen schossen auf die Bretter am Eingang der Hütte, malten schwarze Tropfbilder. Da entdeckte Bayerstein das Pfauenauge auf den Holzbrettern. Es bewegte sich auch nicht, als die schweren Tropfen auf seine Flügel schlugen, sie sich hoben und senkten. Ein Tropfen traf es so hart, dass sich der tote Leib umdrehte und die schwarze Seite offenbarte. Bis heute hatte Bayerstein nicht gewusst, dass diese Schmetterlinge auf der Rückseite schwarz waren.

Ein Hund bellte in der Ferne. Der Wind rauschte durch die Äste der Birke. Die Tropfen klackten auf die Blätter. Bayerstein konnte den Regen jetzt riechen, roch, wie er in das Holz eindrang, sich mit ihm verbündete, so wie sich Bayerstein mit der Erde verbünden würde, wie sich der Umweltminister mit der Erde vereinen würde, wie sich jeder Mensch irgendwann mit dem Element vereinen würde, aus dem er entstanden war, mochte er sich im Laufe seines Lebens auch noch so sehr von der »Natur« entfernt haben.

Die Erkenntnis, dass er mehr tun müsse, als der wissenschaftliche Berater des Umweltministers zu sein, kam Bayerstein, als er Guattari las. »In Zukunft wird weitaus mehr als nur der schlichte Schutz der Natur vonnöten sein: Wir werden die Initiative ergreifen müssen, wollen wir beispielsweise die planetarische Lunge des Amazonas-Regenwalds wieder instand setzen.« Bis dahin hatte Bayerstein gedacht, er zeige ausreichend Initiative, aber dann war ihm auch noch Thoreaus Aufsatz »Von der Pflicht zum Ungehorsam gegen den Staat« in die Hände gefallen, aus dem letztlich auch seine Kinder beim Engagement für *Fridays for Future* ihre Ideen speisten, selbst wenn sie es nicht wussten. »Alle Menschen erkennen das Recht der Völker auf Selbstbestimmung an. Gemeint ist das Recht, einer Regierung die Treue zu verweigern und ihr Widerstand zu leisten, wenn ihre Unterdrückung oder Unfähigkeit groß und unerträglich werden.«

Kriminalpolizeistation Deggendorf, 8.00 Uhr

Die Bereitschaftspolizisten hatten am Morgen im Stadtteil Fischerdorf eine Rentnerin aufgabelt, die brisante Neuigkeiten hatte. Vor Loebs inneres Auge schob sich eine auf einer Gabel aufgespießte Oma, als Baschetti das erzählte. Loeb musste kichern, worauf sie Baschetti besorgt von der Seite ansah. Die Seniorin behauptete, den Umweltminister vor Ort gesehen zu haben. Zusammen mit einem Mann, dessen Beschreibung auf seinen Berater Bayerstein passte. Kurz darauf läutete Baschettis Handy. Noch bevor er auflegte, sagte er in dem von Loeb so heiß geliebten, markigmackerhaften Tonfall: »Los! Wir haben eine Adresse.«

Mit Blaulicht rasten sie die Hauptstraße entlang in Richtung Donau, an der Schwedenkapelle vorbei über die Brücke. Unter ihnen tobte der schäumende Fluss. Loeb streifte sich beim Fahren die kugelsichere Weste über.

An der angegebenen Hausnummer sprangen sie aus dem Wagen, in das bis zu den Pistolenhalftern reichende Wasser. Eine Armada von Streifenwagen hinter ihnen blockierte die Straße. Da das SEK noch nicht eingetroffen war, nahm Baschetti den Rammbock selbst in die Hand, während Loeb und die uniformierten Kollegen die entsicherte Waffe im Anschlag hielten. Das Holz der Tür splitterte, Wasser rauschte ihnen entgegen.

Deggendorf, Stadtteil Fischerdorf, 8.20 Uhr

Jetzt zeigt der Bildschirm wieder die Seite des Bayerischen Landesamtes für Umwelt an. Die Kurve nähert sich der blutroten Linie, Meldestufe 3. Weilgauer reicht das Wasser jetzt bis zum Kinn. Er fängt am ganzen Leib zu zittern an, Tränen laufen ihm über die Wangen.

Weilgauer schwitzt, obwohl er nackt ist. Auf dem Monitor laufen Bilder von überschwemmten, brackig-braunen Häusern. Da hört er ein Geräusch an der Tür.

Wildniscamp am Falkenstein, Zwieslerwaldhaus, 8.40 Uhr

In der spartanischen Thoreau-Hütte, die im Gegensatz zum Original ein Doppelbett enthielt, fühlte sich Bayerstein keineswegs einsam, sondern sicher. Die Einzigen, die ihm fehlten, waren seine Kinder, von seiner Frau hatte er sich schon vor Jahren verabschiedet – und sie sich auch von ihm. Für seine Kinder tat er das. Er fühlte sich sicher vor der Menschheit, eingehüllt und beschützt von Regen, Donner und Blitz, der die Welt zerteilte, weder in Gut und Böse, wie es ein Gott zu tun schien, sondern in einzelne Teile, Partikel. Sie hielten andere ab, an den Fuß des Falkenstein und in das Wildniscamp zu kommen. Da klopfte es an der Tür.

Ludwigsthal, 5 km von Zwieslerwaldhaus entfernt, 9.25 Uhr

Loeb saß wieder neben Baschetti im Audi. Sie konnte es immer noch nicht fassen, dass sie die falsche Wohnung aufgebrochen hatten, und versuchte zum achten Mal ihre Mutter zu erreichen. Zuletzt hatte sie sie in Zwiesel gehört, dann war ihre Stimme gurgelnd abgebrochen. Loeb versuchte ihr eine Nachricht über den Messenger zu schreiben, schleuderte aber dann ihr Handy gereizt auf die Ablage des Wagens, wo es zu Baschetti hinüberrutschte.

Sie brausten durch Ludwigsthal, vorbei an der Wirtschaft *Wurzelsepp*, und Loeb dachte, das kannst du dir nicht ausdenken.

Zwischenzeitlich hatten die Kollegen in Furth die Wohnung von Victor Bayerstein durchsucht und waren auf eine Anmeldung für einen Bogenbaukurs für Erwachsene und Kinder im Wildniscamp gestoßen. Das Seltsame war nur, dass Bayersteins erwachsene Kinder nichts davon wussten und seine Enkel gerade erst auf die Welt gekommen waren.

Der Wagen raste vorbei an einem Wegweiser, der zum »Haus der Wildnis« führte. Ein Streifenwagen mit Blaulicht und heulenden Sirenen kam ihnen entgegen. Baschetti schlug sich gegen die Stirn. »Die checken's auch gar nicht. Damit sich der Täter in aller Ruhe aus dem Staub machen kann!« Er war kurz unaufmerksam, da krachte es auch schon, die Airbags ploppten knallend auf; Loebs Handy läutete.

Wildniscamp am Falkenstein, Zwieslerwaldhaus, 10.00 Uhr

Nachdem die anderen gefrühstückt haben, ziehen sie im Kurs die Sehne auf den Bogen auf. Bayerstein entscheidet sich für eine rote. Der Bogenbaumeister prüft noch zweimal mit den Augen, wo noch etwas abgehobelt werden muss, zeichnet den Bereich mit Bleistift an. Bayerstein setzt sich wieder auf die kleine Bierbank, klemmt den Bogen in die Werkbank und zieht das Holz in Streifen mit dem Fein-Ziehhobel ab, spannt die Sehne erneut. Nach und nach werden auch die anderen fertig, Kinder und Eltern plappern immer aufgeregter, kurz bevor es nach draußen geht, zum Weitschießen auf die Wiese.

Dort stellen sie sich mit Pfeil und Bogen in einer Reihe auf. Zwei Bussarde kreisen über ihnen, ihr Fiepen zerreißt die Stille.

Bayerstein nimmt den Pfeil hinter dem schwarz-roten Gefieder. Er sieht den schwarzen Audi als Erster. Bayerstein stellt die Beine hüftbreit auf den Boden, senkt die Hüfte ab. Legt langsam den Pfeil auf die Sehne. Lässt den Pfeilschaft in die rote Sehne klicken. Hebt den Bogen an. Zielt in den Himmel und lässt den Pfeil los. Die Sehne schwingt. Und der Pfeil fliegt.

Deggendorf, Stadtteil Fischerdorf, 10.20 Uhr

Umweltminister Weilgauer steht das Wasser bis zur Unterlippe. Er muss den Mund geschlossen halten, damit es nicht hineinläuft. Fünf Minuten später kann er nur noch durch die Nase atmen. Er röchelt. Bei jedem Atemzug durch die Nase zieht er Wasser ein. Röchelt. Spuckt. Zieht noch mehr Wasser ein.

Die Kurve überschreitet die blutrote Linie, Meldestufe 3.

Wildniscamp am Falkenstein, Zwieslerwaldhaus, 10.25 Uhr

Loebs Schädel dröhnt immer noch von dem Aufprall auf den Airbag, vom Zusammenstoß mit dem Streifenwagen. Wie bescheuert! Gut, dass gleich ein anderer Wagen zur Stelle war.

Von der Rücksitzbank aus sieht sie, dass sich mehrere Personen in einer Reihe auf der leicht abfallenden Wiese zwischen den Holzhütten aufgestellt haben. Alle bewaffnet mit Pfeil und Bogen.

Beim Anblick der heranrasenden Armada an Zivilfahrzeugen und Streifenwagen lassen sie den Bogen sinken. Loeb atmet erleichtert aus. Doch dann sieht sie: Einer hält den Bogen unverändert: Bayerstein! Was hat er vor? Sie prüft noch einmal, ob ihre kugelsichere Weste sitzt. Ob die auch vor Pfeilen schützt? Sie zieht ihre Pistole aus dem Halfter.

Der Wagen brettert jetzt zwischen einer Rundhütte, die Loeb an Afrika erinnert, und einem langen Holzgebäude auf die Wiese. Die Personen werfen Pfeil und Bogen auf den Boden; flüchten. Nur Bayerstein bleibt stehen. Der schwarze Audi stoppt. Die Türen gehen auf. Bayerstein steht jetzt hüftbreit. Zieht die Schultern nach hinten. Und damit den Bogen auf. Bis zum Anschlag. Hält den Pfeil himmelwärts. Der Pfeil fliegt. Bayerstein rennt los. Er weiß nicht mehr, wie oft er für diesen Moment geübt hat. Alles hat er geprobt. Auf die Sekunde. Auf den Millimeter genau. Nur das Ende nicht.

Der Pfeil schießt weiter nach oben. Die Wolken über ihm. Der Himmel über ihm. Jetzt hat er den Pfeil eingeholt, überholt. Der Pfeil hat seinen Höhepunkt erreicht. Die Spitze senkt sich zur Erde. Schießt auf Bayerstein zu. Der breitet die Arme aus. Überdehnt den Kopf nach hinten. Beugt den Oberkörper nach hinten. Und der Pfeil trifft. Mitten ins Herz.

Leonhard Michael Seidl
Blind Date — STRAUBING

Siegfried Kornprobst, ein ehrlicher, doch ehrgeiziger Mann von gerade mal 27 Jahren, hatte seinen Platz auf einem Stühlchen im zweiten Obergeschoß des Straubinger Gäubodenmuseums eingenommen und bewachte als Aufseher die Römische Schatzsammlung. Er trug einen einfachen schwarzen Anzug, abgetretene schwarze Schuhe, ein weißes Hemd und eine schwarze Krawatte. Seine Brust zierte eine silberne Plakette mit der Aufschrift *Herr Kornprobst*. Auf dem Kopf saß ein schwarzes Käppi, worauf Siggi sehr stolz war.

Mitunter trug er das Käppi auch, wenn er im Wirtshaus *Zum Geiss* sein Weißbier trank und bei den Mädchen Eindruck schinden wollte. Doch bisher war er leer ausgegangen. Keine der jungen Frauen wollte mit dem schweigsamen Burschen anbandeln.

Dass einer seiner Vorfahren als Kornprobst für den Einkauf und die gerechte Verteilung eingelagerter Kornvorräte verantwortlich gewesen war, das wusste Siggi nicht.

Nach dem Willen des Vaters hätte er Maurer werden sollen, um danach auf die Ingenieursschule zu gehen. Aber der Vater war gestorben, und die Mutter hatte andere Träume.

Wenn die Mutter kochte, hockte er am Küchentisch und sah sich Bilder von Burgen und Schlössern an. Tante Sabine schenkte ihm einen Trupp napoleonischer Zinnsoldaten bei der Schlacht von Waterloo. Als er lesen konnte, studierte er die Beschreibungen römischer Legionäre in Kettenhemden, ausgestattet mit Bronzehelmen und Beinschienen. Die glorreichen Legionen hatten die Barbaren aus Germanien besiegt.

Zu Weihnachten bekam er Figuren und Rösser; er baute den Limes nach und verfolgte im Fernsehen jede Dokumentation über das Römische Reich.

Da war es nur folgerichtig, dass der junge Mann nach dem Schulabschluss im Gäubodenmuseum landete. Er trug mittlerweile ein paar Schwimmgürtel um die Hüfte, sah aber sonst ganz passabel aus.

Siggi Kornprobst schaute auf. Eine Familie trampelte die knarzende Treppe herauf und versammelte sich vor den Schatzfunden. Die Alexanderhelme mit den runden Gesichtsformen, den hochgezogenen Frisuren und all die anderen Kostbarkeiten hingen vor rotem Hintergrund gut beleuchtet an der Wand, geschützt durch Sicherheitsglas. Rechts daneben stand, ebenfalls geschützt, der berühmte Kupferkessel, der die Funde bei der Ausgrabung im Jahre 1950 beinhaltet hatte.

Das Kind patschte vergnügt gegen die Scheibe. Gleich wird der Alarm ausgelöst, dachte Siggi und stand auf. Das würde bedeuten, dass er den Raum verlassen und in dem kleinen Nebenraum das durchdringende Geräusch abstellen müsste.

»Finger weg!«, sagte Siggi laut.

»Jetzt seien Sie doch nicht so streng«, sagte die Mutter, »Cornelia hat einfach Spaß. Das ist doch schön.«

Cornelia patschte weiter am Glas herum und stieß ein lautes Indianergeheul aus. Das Kind war nicht älter als drei Jahre.

»Will haben!«, tönte es. »Will haben.«

»Das geht nicht, Conny«, sagte der Vater.

»Will haben«, schrie das Kind und trommelte mit beiden Fäusten gegen die Glasscheibe.

Prompt ertönte die Sirene.

Siggi Kornprobst wusste, was nun geschah. Sein Vorgesetzter, der fette Neumann, würde erscheinen, die Familie umständlich in einen anderen Saal begleiten und ihm, Siggi, hernach eine Predigt halten, wie man den Gästen des Museums zu begegnen habe.

Dies war der dritte Vorfall in diesem Monat, und der Monat war noch keine Woche alt.

Siggi würde Neumanns Standpauke mit gesenktem Kopf entgegennehmen und sich wieder auf seinen Stuhl verfügen.

Die Belehrungen ließen Siggi kalt. Der Neumann war ein arroganter Trottel, der seine Wampe wie eine Auszeichnung vor sich herschob. Siggi wusste nicht, was die gemeinsame Kollegin, die kleine Margot, an dem Mann fand. Es gab Gerüchte, sie hätten was miteinander. Dass sich das Verhältnis zwischen den beiden in letzter Zeit deutlich abgekühlt hatte, konnte jeder sehen.

Das alles ging Siggi eigentlich nichts an. Dennoch fühlte er sich von Margot erotisch inspiriert. Vielleicht war es ihr Hüftschwung, vielleicht ihr Lächeln, vielleicht ihr sanfter Humor.

Man musste warten; musste sich in Geduld üben. Und man durfte die Hoffnung nicht aufgeben. Niemals.

Siggi seufzte.

Die meisten Besucher des Gäubodenmuseums verhielten sich freundlich und ruhig, bewunderten die ausgestellten Artefakte und wanderten weiter zu den Bronzestatuetten der Fortuna oder eines Genius oder Lar, ihres Zeichens römische Schutzgottheiten der Familien.

Trotzdem gab es immer wieder Leute, die aufdrehten, wenn sie die abgedunkelten Räumlichkeiten mit den Schätzen betraten.

Siggi teilte sie in drei Gruppen ein:

Zunächst die Lateiner. Sie erzählten allen, die es wissen wollten (und auch denen, die es nicht wissen wollten), was es mit den Laren, mit Merkur oder Fortuna für eine Bewandtnis hatte.

Zum Zweiten die Plauderer. Das waren Besucher, die ununterbrochen belangloses Zeug quasselten. Mal betont, mal munter. Ob mit der Gattin oder mit den Kindern oder mit anderen Besuchern.

Die dritte Gruppe bildeten die Nörgler. Das waren Menschen, die an allem etwas auszusetzen hatten: ein eingerissenes Tuch am rückwärtigen Behang, ein Fleck auf dem Sicherheitsglas. Oder ein leicht angestaubter Lar.

Alltag im Museum.

Die Sirene verstummte von selbst. Vermutlich war sie länger nicht mehr gewartet worden. Siggi sah sich um. Weder Besucher noch der fette Neumann waren in Sicht.

Siggi rückte den Stuhl zurecht, schlug die Beine übereinander und öffnete das Buch mit den römischen Göttern, das er vor Kurzem gekauft hatte. In dem Buch ging es um Mars und Diana, um Vesta und Ceres. Siggi hatte sich vorgenommen, alle – oder so gut wie alle – Götter der Römer und der Griechen kennenzulernen und sie miteinander zu vergleichen. Dabei hatte er sein Ziel fest im Auge: Chef aller Aufseher im Gäubodenmuseum zu werden.

Gerade studierte er das ausführliche Kapitel über Vulcanus, den Gott der Schmiedekunst, da stand der fette Neumann vor ihm. Siggi versenkte das Buch blitzschnell in seiner Mappe und erhob sich.

»Chef?«

»Es ist kurz vor Mittag«, sagte Neumann und streichelte seine Wampe. »Ich gehe essen. Um vierzehn Uhr habe ich einen Arzttermin, von dem ich nicht weiß, wie lange er dauern wird.«

»Ja, Chef.«

Neumann zückte seinen Schlüsselbund. Er schwitzte entsetzlich, obwohl die Räume klimatisiert waren und er den ganzen Tag nur herumstand.

»Hier sind die Schlüssel für den Bereich mit der Alarmanlage.«

»Ja, Chef«, sagte Siggi.

»Pünktlich zum Dienstschluss wirst du die Lichter löschen, den zusätzlichen Nachtalarm aktivieren und sämtliche Türen – ich betone: sämtliche Türen – abschließen.«

»Ja, Chef.«

Was sollte das? Siggi hatte bereits des Öfteren das Museum als Letzter verlassen und sich um alles gekümmert. Dazu brauchte er den dämlichen Neumann nicht. Und außerdem: Wo steckte Margot? Die wiesele doch sonst immer hinter dem Neumann her.

Kaum war der Kerl weg, erschien sie. Siggi sah, dass sie geweint hatte. Margot Feiniger war gerade 25 Jahre alt geworden, hatte ein hübsches rundes Gesicht, einen Bubikopf und eine etwas üppige Figur. Sie trug das einfache Kostüm der Museumsaufseher und dazu flache Schuhe.

»Margot, was ist los?«, fragte Siggi vorsichtig.

»Lass mich«, sagte sie und wollte weiter, doch Siggi nahm sie sanft am Arm. Sie starrte auf den Boden.

»Der Achim ...«, sagte sie leise.

»Neumann?«

Margot nickte stumm.

»Will er dir wieder an die Wäsche?«

Erneut nickte sie. Dann brach es aus Margot heraus.

»Heute früh ... kurz vor Dienstbeginn ... direkt vor der Rossstirn mit der Minerva drauf ...«, schluchzte sie.

Siggi nickte. »Die Minerva mit den Schlangen?«

»Ja, genau«, sagte Margot. »Da hat er mir an den Busen gelangt, obwohl wir gar nichts miteinander haben, und gesagt, dass er ... dass er mit mir ins Bett will.«

Siggi schnaubte. Der fette Neumann war über 50, verheiratet und hatte drei Kinder.

»Wenn ich nicht will«, sagte Margot, »dann sorgt er dafür, dass ich die Arbeit verliere.«

Siggi verschränkte die Arme. Sein Gesicht nahm eine rote Farbe an. Sein Atem ging schneller.

»Dieser alte Lustmolch!«, sagte er heftig.

Margot wandte sich ab.

»Ich sag zu ihm, Achim, sag ich, das will ich nicht, dass du mich so anlangst. Da lacht er und sagt, alle Frauen mögen das. Und außerdem: Ich kann nix beweisen, verstehst du, Siggi? Er tut das immer, wenn keiner da ist und wir irgendwie allein sind.«

»Das wird ihm noch leidtun«, sagte Siggi kalt.

»Ich hab Angst, dass er mich schlechtmacht. Das trau ich dem Achim zu.«

Sie entfernte sich mit gesenktem Kopf.

Siggis Blick fiel auf die Figur des Gottes Amor hinter der Glasscheibe. Amor nickte ihm aufmunternd zu.

•

Am Abend hockte Siggi beim *Geiss* und nippte am Weißbier. Ihm gegenüber saß der Zwillich, 27 Jahre alt; von

Beruf Tausendsassa, der vom Geld des Vaters lebte und allerlei Blödsinn im Kopf herumschleppte. Der Zwillich hatte einen besonderen Vornamen: Zyriak, was so viel wie »Herr« bedeutete: Also Herr Herr Zwillich.

Der Zwillich war ein lustiger Geselle. Im Februar war er in der Donau geschwommen – nackt, wie Gott ihn geschaffen hatte. Hätte er nicht mit letzter Kraft eine Eisscholle erwischt, wäre er erfroren und dann ersoffen. Oder umgekehrt.

Ein andermal versuchte er einen Klebstoff zu entwickeln, der stärker sein sollte, als der stärkste Industriekleber. Der Keller, in dem sich Zwillichs Labor befunden hatte, brannte völlig aus. Dass die Flammen nicht auf die Nebengebäude übergriffen, war nur dem beherzten Eingreifen der Feuerwehr zu verdanken.

Man munkelte sogar, dass der Zwillich etwas mit dem Brand des Straubinger Rathauses zu tun gehabt hatte.

Jedenfalls wurde es mit einem Burschen wie dem Zwillich niemals langweilig. Siggi mochte das. Langeweile hatte er im Museum genug.

Sie waren beim zweiten Weißbier, als Siggi von Margot und dem fetten Neumann erzählte. Zwillichs Augen blinkten sofort in allen Farben.

»Der Neumann packt die Margot bloß an, wenn sie allein sind? Hab ich das richtig verstanden?«

»Genauso hat sie es mir erzählt.«

»Dagegen hab ich ein Mittel!«, sagte er.

Siggi starrte ihn misstrauisch an.

»Aber nix, wo gleich explodiert ...«

Zwillich winkte grinsend ab.

»Und sie kann nix beweisen?«

Siggi nickte stumm.

»Da gibt es nur eines ...«, sagte der Zwillich geheimnisvoll. Obwohl Siggi an ihn hinredete wie an eine kranke Kuh, schwieg sich der Zwillich beharrlich aus und vertröstete ihn auf die nächste Woche. Da würde er die Lösung präsentieren.

•

Die folgenden Tage verliefen entspannt. Der Arzt war ein Spezl vom fetten Neumann und hatte ihn zwei Wochen krankgeschrieben. Siggi wusste aus vielerlei Beobachtungen, dass Neumann die Zeit nutzte, um mit seinem schneeweißen Benz durchs Land zu cruisen. Woher der Mann die Kohle dafür hatte, wusste niemand genau. Es ging die Mär, Neumann habe allerlei Nebenjobs, sei viel unterwegs. Es hieß, er habe ein paar Mädchen laufen oder er handle mit Drogen oder er habe geerbt ... jedenfalls warf Neumann in jüngster Zeit nur so mit Geld um sich.

Waren keine Besucher im Anmarsch, wandte Siggi sich seinen Studien zu. Oder er plauderte mit Margot, die sich zunehmend aufgeschlossen zeigte.

»Magst mit mir zum Essen gehn?«, sagte er eines Vormittags zu ihr.

»Heute?«, sagte Margot.

»Oder morgen?«

Margot dachte nach.

»Vielleicht ...«

Geschwind wechselte sie hinüber zu einer Besuchergruppe aus dem Erzgebirge und blieb verschwunden.

Was hatte das zu bedeuten, wenn eine Frau *Vielleicht* sagte? War das eine halbe Zusage oder war es eine halbe Absage? Die Einladung hing – sozusagen – in der Luft wie eine Brücke über einem tiefen Tal, auf der man sich schaukelnd von einem Ende zum anderen bewegte.

Ein Schaukelzustand.

Siggi nahm sich vor, diesen komplizierten Sachverhalt am Abend mit dem Zwillich beim Weißbier zu erörtern. Der Zwillich hatte ständig Weibergeschichten. Weder sah der Bursche gut aus, noch konnte er die Mädchen bequatschen. Er benutzte Vaters schweren Benz, um bei ihnen zu punkten.

Doch weder am Donnerstag noch am Freitag ließ sich der Zwillich beim *Geiss* blicken. Erst am Samstagabend tauchte er auf, bewaffnet mit einem Rucksack.

Als sie den ersten Schluck genommen hatten, packte er die Lösung für Siggis Problem auf den Tisch: eine Wanduhr.

»Was soll das?«, fragte Siggi enttäuscht.

»Pass auf«, sagte der Zwillich. Er nahm die Uhr in die Hand und deutete auf das Zentrum des Gerätes.

»Da drin sitzt eine Überwachungskamera mit einer Aufnahmekapazität von acht Stunden.«

»Kann schon sein«, sagte Siggi verstimmt und orderte bei der Bedienung ein Trostbier. Im Gäubodenmuseum hatten sie – wenn überhaupt - Funkuhren und keinen Schnickschnack, der aussah wie eine Bahnhofsuhr aus den Sechzigern.

Zwillich nippte am Bier, wischte sich den Schaum von den Lippen und griff erneut in den Rucksack.

»War ein Späßchen. Hier habe ich«, sagte er stolz, »eine Mini-Full-HD-Cam mit einer Speicherkarte von einem Terabyte. Mit Fernsteuerung.«

Skeptisch betrachtete Siggi das Gerät.

»Soll heißen?«, sagte er.

»Heißt 14 Stunden Aufnahmekapazität. Abrufbar über jeden Laptop. Allerdings ...«

Das Wort stand wie ein indianisches Rauchzeichen in der Luft. Siggi wartete mit hochgezogenen Augenbrauen auf den Rest.

»Allerdings?«

»Allerdings sind derartige Aufzeichnungen nicht unbedingt immer gerichtsfest.«

Siegfried Kornprobst haute mit der Faust auf den Tisch, dass die Gläser wackelten.

»Das ist mir doch so was von wurschtegal!«

»Gut«, sagte der Zwillich aufgeräumt. »Zeig mir den Platz, wo ich die Cam installieren kann. Dann haben wir den fetten Neumann an der Angel.«

»Und ich krieg die Margot!«, sagte Siggi.

Anschließend genehmigten sie sich etliche Sturzbiere und kippten dazu ein paar Schnapserl – wegen dem Spaß an der Freud.

Der Abend verlor sich in einer ziemlich feuchten Nacht.

•

Der Einbau der Mini-Cam verzögerte sich, weil Zwillich seinem Hund unbedingt rhythmisches Bellen beibringen wollte. Er hatte den Gag auf Facebook bei einem Amerikaner entdeckt. Der Köter des Amis konnte im Vierviertletakt bellen. Zwillich hingegen wollte seinen Hund an den Dreivierteltakt gewöhnen, doch das arme Tier begann zu singen statt zu bellen. Die Aktion endete nach vier Tagen. Zwillichs Vater entführte das Tier, fuhr damit nach Passau und verkaufte es an ein taubstummes Ehepaar.

Wenig später hockten sie wieder beim *Geiss* zur endgültigen Lagebesprechung. Der Zwillich hatte den Rucksack mitgebracht. Nach zwei Mutbieren machten sie sich auf den Weg zum Gäubodenmuseum. Die Uhr vom Kirchturm schlug elf Mal. Die Stadt schnarchte vor sich hin.

Siggi hantierte mit den Schlüsseln. Sie durchquerten, mit Taschenlampen bewaffnet, den Kassenbereich. Wenig später erreichten sie den hinteren Zugang zum Römerschatz im zweiten Obergeschoss.

Siggi öffnete die schmale Tür und schaltete die Alarmanlage ab.

Zwillich zwängte sich hindurch. Holte die Cam aus dem Rucksack. Griff, wie vereinbart, nach dem Gesichtshelm aus schwerem Messing mit der Bezeichnung KK7. Der Kopfschutz vom Typ Straubing-Eining mit der hohen Frisur bot ideale Augenöffnungen zur Platzierung der Cam.

Zwillich wollte die Maske von der Halterung lösen und erstarrte.

»Was ist los?«, sagte Siggi hinter ihm. Noch war alles ruhig, aber niemand wusste, wie lange.

»Das ist kein Messing«, sagte Zwillich entsetzt.

»Was?«

»Kein Messing«, wiederholte Zwillich lauter als nötig.

Siggi schob ihn zur Seite, packte die Maske KK7. Tatsächlich – das war kein Messing, was er da in der Hand hielt. Das war bemaltes Blech. Oder Pappe. Oder Holz.

»Himmelherrschaftszeiten!«, brüllte er.

Zwillich griff nach dem nächsten Römerschatz. Eine Beinschiene mit einer Marsdarstellung: Blech. Der Knieschutz der Minerva: Holz. Die Bronzestatuette mit dem tanzenden Lar: Pappe. Ein Amor in der Rüstung: Gips.

Pappe und Gips, Blech und Holz!

Lediglich der jeweilige Sockel der Statuen schien echt zu sein. Alles andere war Betrug, war *Fake*!

»Ich sag dir«, sagte der Zwillich, als er wie in Trance die

Digi-Cam wieder im Rucksack verstaute. »Ich sag dir, da steckt der fette Neumann dahinter!«

Eilig verließen sie den Raum mit den Ausstellungsgegenständen.

Keine Sekunde zu früh.

Geräusche vom Eingangsbereich.

Siggi und Zwillich duckten sich hinter dem Sandtnermodell von Straubing und verfolgten mit offenen Mündern, was nun geschah.

•

Margot schlich, eine Rossstirn mit Seepanthern unter dem Arm, keinen Meter an ihnen vorbei in Richtung des Römerschatzes.

»Die tauscht sie aus ...«, flüsterte Siggi. Zwillich nickte unmerklich. »Das filmen wir mit dem Handy.«

»Geht nicht«, sagte Siggi. »Zu dunkel!«

»Wir stellen sie sofort zur Rede!«

Siggi schüttelte den Kopf.

»Hör auf, Zwillich«, sagte er leise. »Wir warten, was sie macht.«

Der Zwillich hob die Schultern. Das war Siggis Ding, nicht seines. Vielleicht konnten sie den Hehler ausfindig machen, der später das Diebesgut verscherbelte.

Es dauerte keine Viertelstunde, dann schlich Margot sich mit der Beute davon, unauffällig verfolgt von Siggi und Zyriak, dem Zwillich. Der Weg führte sie über die Friedhofstraße vorbei am Café am Friedhof, hinaus zum Gottesacker St. Michael.

Dort, inmitten eines Gräberfeldes, stand jemand an einem offenen Grab. Die hölzerne Abdeckung lag ein Stück daneben. Die Person war schwarz gekleidet, trug die Kapuze tief ins Gesicht gezogen und schwenkte langsam eine brennende Laterne in der Hand. Er wirkte wie aus der Zeit gefallen.

Unwillkürlich musste Siggi daran denken, dass dieser Jemand die geraubten Gegenstände wieder zurückhaben wollte. Vielleicht im Auftrag eines römischen Centurio, dem die Ausrüstung für seine Hundertschaft Soldaten abhandengekommen war. Was natürlich ein ausgemachter Schmarrn war. Der Zwillich hätte sich an die Stirn geklopft.

»Wenn Margot die echten Sachen hier anschleppt«, sagte Zwillich leise, »dann frag ich dich, wer die Attrappen fürs Museum gemacht hat. Das muss doch auffallen.«

»Ich hab keine Ahnung ...«, ließ Siggi sich vernehmen.

Als es vom Kirchturm Mitternacht schlug, zuckte er vor Schreck zusammen. Auch dem Zwillich war nicht wohl. Vielleicht hätten sie Margot doch gleich zur Rede stellen sollen, wie es der Zwillich vorgeschlagen hatte. Doch dafür war es jetzt zu spät.

Weiße Nebelschwaden waren aufgezogen und hüllten die Szenerie in ein unwirkliches Licht. Ein Käuzchen schrie.

»Wir müssen näher ran«, flüsterte Siggi, »sonst verstehen wir kein Wort.«

Sie huschten hinter die nächste Grabstelle. Ein Ast knackte. Noch bevor sie etwas unternehmen konnten, warf die schwarze Person die Handlaterne weg und verschwand im Nebel.

Margot stand wie zur Salzsäule erstarrt vor ihnen, das Diebesgut noch in den Händen.

Sie stolperte, von Schrecken, Furcht und Angst gepeinigt, ins offene Grab.

Siggi kniete nieder, zog Margot aus der Grube. Sie standen sich gegenüber.

»Was hast du dir dabei gedacht?«, fragte Siggi, während der Zwillich mit der weggeworfenen Handlaterne in das Grab hinunterleuchtete.

»Ich ...«, begann Margot, brach aber ab, als der Zwillich in die Grube tauchte.

»Warum, Margot, warum?«, sagte Siggi.

Plötzlich flogen Gegenstände aus dem vermeintlich leeren Grab: Helme, Brustpanzer, Beinschienen, Jupiter, Lar und Venus – das vollständige Diebesgut.

Endlich fand Margot ihre Sprache wieder.

»Du kennst doch meinen Opa.«

»Sicher. Den alten Willi.«

»Genau. Mein Opa hat einen schwierigen Krebs. Der kann in Deutschland nicht operiert werden. Das machen nur die in der Mayo-Klinik in Minnesota. Habt ihr eine Ahnung, was das kostet? Das geht in die Tausende!«

Siggi sah zu Zwillich, Zwillich sah zu Boden. Sie schwiegen eine Weile. Dann sagte Siggi: »Und deswegen hast du das Zeug geklaut?«

»Ja, Siggi. Genau deswegen. Ich weiß jetzt, es war falsch von mir, aber ich hab keine andere Möglichkeit mehr gesehen.«

»Verstehe!«, sagte Zwillich.

»Wer hat die falschen Sachen angefertigt?«, fragte Siggi.

»Der Bruder meiner besten Freundin ist Bildhauer«, erklärte Margot. »Dem geht es geschäftlich gerade nicht so gut. Ich hab ihm gesagt, er kriegt einen Anteil vom Verkauf, wenn er gute Kopien herstellt.«

Zwillich meldete sich. »Dann möchte ich doch zu gern wissen, wer der Hehler ist ... ich meine, wer sollte das Diebesgut verticken?«

»Sag ich euch nicht ...«

Dicke Tränen rannen über Margots Gesicht.

Beruhigend zog Siggi sie an sich.

»Margot, ich versteh dich.«

Margot nickte dankbar. Siggi küsste sie sanft. »Wir schaffen das Zeug zurück, bevor es jemand merkt«, sagte er dann.

Der Zwillich meldete sich zu Wort.

»Ich hab einen Vorschlag. Was haltet ihr davon, wenn wir die ganze Sache dem fetten Neumann in die Schuhe schieben?«

Margot löste sich von Siggi und schüttelte energisch den Kopf.

»Nein«, sagte sie. »Ich hab die Sachen gestohlen und muss dafür einstehen. Und nicht der fette Neumann.«

»Warum denn nicht?«, sagte der Zwillich. »Wir lassen alles liegen und rufen bei der Polizei an.«

Jetzt schüttelte auch Siggi den Kopf.

»Nein, Zwillich. Denunzianten sind wir nicht. Überhaupt nicht. Und jetzt los, schaffen wir das Zeug zurück.«

•

Tage später saß Siggi wie gewohnt auf seinem Stuhl im zweiten Obergeschoß des Straubinger Gäubodenmuseums und bewachte die Kostbarkeiten aus dem Römerschatz. Der fette Neumann wackelte durch die Räume, und die Besuchergruppen schossen Handyfotos.

Alles war wie immer. Fast. Denn wenn Margot an Siggi vorbeiging, zeigte sie verstohlen den Ring an ihrer Hand – Siggis Verlobungsring.

(Namen und Handlung sind frei erfunden)

Roland Spranger
Personalanpassung   GROSSER ARBERSEE

Das Lagerfeuer heizt die Gesichter auf, aber die Kälte schleicht sich in den Nacken.

Eine Gruppe Städter sitzt einem Bergbewohner gegenüber.

Die Städter tragen Outdoorjacken. In Schwarz die, die auf coole Optik Wert legen. In Bonbonfarben jene, die gefunden werden wollen, wenn sie vermisst werden. Aber alle Jacken wasserdicht, atmungsaktiv, winddicht. Die Nähte sind von innen komplett mit Tape aus der Raumfahrt versiegelt. Die ganze Jacke wurde mit einer feuchtigkeits- und schmutzabweisenden Oberflächenbehandlung veredelt. Damit nichts reinkommt zum Menschen.

Der grau melierte Bart des Bayerwälder Originals reicht bis auf die grüne Lodenjacke. Seine Furchen im Gesicht wirken im Licht des Lagerfeuers noch tiefer.

»I bin der Auer Sepp, und da am Fuße des Arbers aufgewachsen. Deshalb kenne ich viele G'schichtn. Normalerweise erzähl ich die auf Niederbayrisch, aber da ihr meine Sprache net gut kennt, versuch ich mei Preißisch zum aktiviern. Also ...«

Bevor er zu erzählen beginnt, streicht er sich ein letztes Mal über den Bart. Ein bewährter Teil der Show. Aufmerksamkeit ist auch im Gewerbe der Märchen- und Sagenerzähler eine harte Währung.

»Der ganze Woid hat was Mystisches. Jeder Baum kennt eine gruslige G'schicht. Jeder Fels eine schaurige Moritat.

Da, bei uns, treibt der Arbergeist sein Unwesen. Er lockt den Wanderer vom Weg ab, indem er ihm eine Naturschönheit nach der anderen zeigt. Oder der Wanderin. Bis er sich verläuft. Oder sie. Und so manchen hat der Geist im Nebel oder im Schneetreiben an die Abgründe der Arberseewand gelockt, um ihn nach dem Sturz in die Tiefe auszulachen.

Der Arbergeist treibt sein Unwesen rund um den Arber, den Gipfel darf er nicht betreten. Weil dort herrscht die Arberhexen. Wer in der Nacht ihre Ruhe stört, wird gekratzt, gebissen und geschunden. Als mächtigste und böseste Hexe des Walds lädt sie in der Walpurgisnacht ihre Freundinnen und den Deifi zum Tanz auf den Arber ein. Und auch in der Allerheiligennacht treffen sich die Hexen.«

»Halloween«, flüstert Jana.

Der Auer Sepp schaut Jana streng an.

»Wir sagen Allerheiligennacht. I find des neumodische Zeug aus den amerikanischen Horrorfilmen ned gut. Wir haben unsern eigenen Horror. Also, in der Nacht zu Allerheiligen feiern auf dem Arber die Hexen den Sieg der Nacht über den Tag.

Aber auch unten im Tal seid ihr ned in Sicherheit! Von alters her gilt der Große Arbersee als Eingang zur Unterwelt. Schon den Kelten und Germanen war er heilig. Und später der katholischen Kirche als Teufelsort verrufen. Jeder kann an der schwarzen Färbung des Wassers leicht erkennen, dass da unter dem Wasserspiegel ein Tor zur Hölle geöffnet ist.

Ein Wanderer, der um den Großen Arbersee gegangen ist, hat eine Stimme flüstern hören: *Nicht die richtige Zeit, nicht das richtige Opfer.* Sooft er sich auch umgeschaut hat –, er hat niemanden sehen können. Vielleicht hat ihm der Wind einen Streich gespielt. Oder sein Verstand. Fröhlich singend ist er weitergegangen. Man kann nämlich nicht gleichzeitig fröhlich singen und Angst haben. Kurz drauf ist er auf seinem Weg einem Paar begegnet. Eine lebhafte blonde Frau und ihr gestandenes Mannsbild. Beide haben unseren Wanderer wohlgemut gegrüßt. Ein paar Minuten später, als das Paar schon lang verschwunden war, hat er wieder das Flüstern g'hört: *Der richtige Ort, und das richtige Opfer.* Wieder hat er sich umgeschaut und niemand entdeckt. Am nächsten Abend im Wirtshaus hat er erfahren, dass das Pärchen verschwunden ist. Erst Tage später hat man ihre leblosen Körper auf der Wasseroberfläche treibend gefunden.«

Der Erzähler beugt sich nach vorn und starrt seine Zuhörer mit großen Augen an. Die Flammen des Lagerfeuers flackern in seinen Pupillen.

»Die Kelten haben gern Opferungen an heilige Gewässer durchg'führt. Vielleicht hat der Arbersee deswegen auch Lust auf Blut gekriegt. Ein Fluch lastet auf ihm.«

Der Auer Sepp lehnt sich zurück – die Hände auf die Oberschenkel gestützt – und nickt.

Jana lehnt ihren Kopf an Valeries Schulter. »Lass mich bloß nicht allein hier draußen.«

»Auf keinen Fall«, sagt Valerie und lacht.

Danach brät das ganze Team noch Kartoffeln an Stöcken im Feuer. In den meisten Fällen ist das verkohlte Ergebnis nicht essbar.

Der Auer Sepp fährt mit seinem SUV zurück ins Dorf. Er wird sich zusammen mit seiner Frau noch zwei Folgen *Gilmore Girls* anschauen. Brutale Filme mag er nicht. Vor allem keinen Horror. Er steht auf romantische Komödien. Oder auf Serien, in denen es darum geht, dass sie sich kriegen. Oder doch nicht. Oder sich nicht entscheiden können. Wie im richtigen Leben.

Teambuilding im Bayerischen Wald
Leitung: Jens
Mitarbeiter: Jana, Valerie, Nina, Ben, Rainer, Alex
Logbuch und Stimmungsbarometer
Ankunft Pension Bodenmais: Vorgestern
Durchschnittswertung Pension: 3,5 Sterne
Meinungen: Gute Aussicht vom rustikalen Balkon, aber keine Bar – und keine veganen Alternativen zum Frühstück. Kein Pornokanal, aber der Bildschirm wäre eh zu klein ;-)
Gestern:
Ausflug zum Bayerwald Tierpark.
Durchschnittswertung: 3,5 Sterne
Meinungen: Schöne, weitläufige Anlage mit viel Platz für die Tiere. Keine Luchse und Wölfe gesehen: Als Kapitalisten freuen wir uns auf Raubtiere. Also, Elche sind echt groß. Keiner will sich auf einen Elchtest mit ihnen einlassen.

Anschließend gemütliches Beisammensein in uriger Gastwirtschaft.
Durchschnittswertung: 3,5 Sterne
Meinungen: Freundliche Bedienung. Gutes Bier. Bier nicht trinkbar. Super Schweinebraten. Keine veganen Alternativen. Sehr viel Spaß mit den Eingeborenen.

Heute Morgen Umzug in die Berghütte.
Durchschnittswertung Berghütte: 3,5 Sterne
Meinungen: Super Aussicht. Natur pur. Mitten in der Wildnis. Heute früh ist ein Luchs an der Hütte vorbeigelaufen. Zu wenige Badezimmer. Zu wenige Klos. Zu wenig Privatsphäre.

Nachmittags Tretbootfahrt am Großen Arbersee mit anschließendem Besuch im Arberseehaus.

Durchschnittswertung: 3,5 Sterne

Meinungen: Super, wie in den Rocky Mountains. Die Seele baumeln lassen. Die Tretboote waren nicht gerade gut gewartet, und der Große Arbersee ist kleiner als gedacht. Gute böhmische Küche im Arberseehaus. Die sogenannten böhmischen Knödel hatten eine gummiartige Konsistenz.

Abend am Lagerfeuer mit Geschichtenerzähler Sepp Auer.

Durchschnittswertung »G'schichten am Lagerfeuer«: 3,5 Sterne

Meinungen: Uriger Typ, dieser Sepp Auer. Schöne Geschichten: Ich konnte mich richtig fallen lassen. Laaaaaaangweilig. Da freut man sich wieder auf Netflix. Super Atmosphäre. Ich mochte den Dialekt. Ich hab den Kauz überhaupt nicht verstanden.

•

Sepp Auer streicht sich über den Bart, während er lächelnd die *Gilmore Girls* bei ihren unterhaltsamen Verwicklungen in der fiktiven Kleinstadt Stars Hollow in Connecticut verfolgt.

Zur gleichen Zeit versammelt Jens sein Team vor der Berghütte um sich.

»Willkommen zur Nacht-Schnitzeljagd. Welcome to Night-Scavenger-Hunt.«

»Warum übersetzt du das ins Englische, Jens? Aslan ist letzte Woche nach Pakistan geflogen, weil seine Schwester heiratet.«

Jens verdreht die Augen. »Ben, das sollte cool sein. Und witzig.«

»Ach so. Hat aber keiner gecheckt. Jedenfalls hat keiner gelacht.« Ben schaut sich um.

»Können wir einfach mal weitermachen«, mault Nina und unterstreicht es mit einem deutlichen Seufzer. »Ich bin jetzt schon todmüde.«

»Ja, eigentlich hat keiner Bock, nachts durch den Wald zu laufen«, sagt Jana.

»Ja, und was sagt eigentlich unser Sicherheitsbeauftragter dazu?«, fragt Ben.

»Der ist in Pakistan«, antwortet Nina.

»Habt euch nicht so. In meiner Jugend hat man noch regelmäßig Nachtwanderungen gemacht«, erzählt Rainer. »Mit dem Fußballverein. Oder mit den Naturfreunden. Nur die zwei Erwachsenen hatten eine Taschenlampe. Alle anderen sind ständig gestolpert, aber keiner hat sich beschwert.«

»Du warst bei den Naturfreunden und hast Sport gemacht?«, fragt Valerie.

»Na klar, das hat mich fit gemacht fürs Leben.«

Valerie mustert ihn skeptisch. »Sieht man dir aber jetzt nicht mehr an. Man merkt es auch sonst nicht.«

»Hey, Rainer«, ruft Alex, »bei den Nachtwanderungen lief ja wahrscheinlich so manches mit den Chicks. In den 80er-Jahren waren die ja noch sexuell offen. Nicht so verklemmt wie heute.«

Jens feuert mit einer Schreckschusspistole in die Luft.

»Haaaalloooo. Ich bitte um Aufmerksamkeit. Wir starten jetzt die Nacht-Schnitzeljagd. Gewonnen hat, wer zuerst am Zielpunkt ankommt und es durch einen dort versteckten Gegenstand beweisen kann. Die Gewinner erhalten einen Präsentkorb mit leckeren bayerischen Spezialitäten.«

»Ich bin raus«, sagt Ben.

Jens schaut ihn streng an.

Ben hebt entschuldigend die Arme. »War Spaß. Ich verteile dann den Gewinn an das gesamte Team.«

Jens holt Luft. »Also, jeder bekommt eine Stabtaschenlampe. Es gibt unterschiedliche Startorte, aber nur einen Zielpunkt, an dem die verschiedenen Teams alle ankommen, wenn sie ihren Wegmarkierungen folgen. Dort ist ein Artefakt versteckt. Die Gewinner müssen es finden und als Erste an sich nehmen, um ihren Sieg zu beweisen.«

»Was für ein Artefakt?«, fragt Nina.

»Keine Ahnung.«

»Du hast also nicht selbst die Strecken markiert?«, will Rainer wissen.

»Nein, ich werde natürlich auch an der Challenge teilnehmen. Die gesamte Organisation für diese Teambuilding-Tage hat ein externer Anbieter übernommen.«

»Aha. In meiner Jugend haben das die Jugendleiter bei den Naturfreunden noch selbst gemacht. Die haben auch die Quiz-Abende organisiert.«

Jens nickt. »Okay, wir kommen jetzt zur Auslosung der Teams. Wir ermitteln zwei Zweierteams und ein Dreierteam.«

Er geht zu seinen Mitarbeiterinnen und Mitarbeitern und lässt sie nacheinander je einen gefalteten Zettel aus einer Frischhaltedose ziehen.

Zettel entfalten. Vor sich halten, sich umschauen. Nicken und Kopfschütteln.

»Also nee, mit Alex allein gehe ich nicht in ein Team!«, sagt Jana.

•

Die Lichtkegel der drei Taschenlampen schwirren unruhig hin und her. Leuchten in den Nebel, der das Licht zurückwirft.

Jana, Valerie und Alex schieben sich immer weiter in die Nebelwand hinein, aber die Wand schiebt zurück.

Wenn man die Taschenlampen auf den Boden richtet, erhellen sie maximal zwei Meter des befestigten Wanderwegs rund um den Großen Arbersee.

»Na, Mädels«, sagt Alex, »jetzt seid ihr aber doch froh, dass ihr mich dabeihabt, oder?«

»Weil du schon dein ganzes Leben keinen Durchblick hattest und deshalb hier gut klarkommst?«, fragt Valerie.

Jana lacht.

»Sehr witzig«, antwortet Alex. »Große Lippe. Kennt man ja von dir.«

Der Nebel schafft es auch, sich unter die Kleidung zu schieben, obwohl die Nähte verschweißt sind.

»War ja klar, dass es hier unten am See Nebel geben würde«, sagt Alex. »Es ist Oktober. Blöde Idee, uns hierherzuleiten.«

»Wann haben wir eigentlich die letzte Markierung gesehen?«, fragt Jana.

»Auf jeden Fall, bevor der Nebel aufkam«, antwortet Valerie.

»Wir müssen die Markierung finden, sonst kommen wir nie ans Ziel«, sagt Jana.

Alex wendet sich mit einem hämischen Lachen zu ihr um.

»Höre ich da ein bisschen Hysterie in deiner Stimme. Kann das sein?«

»Arschloch.«

Jana stapft an Alex vorbei und leuchtet mit der Taschenlampe hektisch in den Nebel.

Alex pfeift.

»Super Lightshow. Herzlich willkommen beim Oktober Rave.«

Jana dreht sich herum und leuchtet Alex ins Gesicht.

»Schnauze, du Idiot.«

Alex und Jana starren sich an. Er grinst.

Valerie stellt sich neben sie und leuchtet beiden abwechselnd in die Augen. Dann beleuchtet sie sich mit der Stabtaschenlampe von unten, was sie unheimlich ausschauen lässt.

»Hallo, hallo, hier spricht die Mobbing-Beauftragte. Können wir bitte an unserer Ambiguitätstoleranz arbeiten. Und an der Zielorientierung.«

Jana nickt.

»Okay. Vorschlag?«

»Wir bleiben dicht zusammen und leuchten unterschiedliche Teile der Umgebung aus, um die nächste Markierung zu finden.«

Jana, Valerie und Alex leuchten in verschiedenen Richtungen in den Nebel.

»Wir verlassen aber nicht den Weg?«, fragt Jana.

»Auf keinen Fall«, antwortet Valerie.

»Nichts.« Alex stöhnt. »Ich schau einfach mal bei Google Maps, wo wir sind. Ohne technische Unterstützung ist doof.«

»Aber wir mussten doch unsere Smartphones vor der Challenge abgeben.«

»Hast du echt nur dein Diensthandy, Valerie? Kann ich nicht glauben.«

Alex sucht in seinen Hosentaschen. Dabei wechselt er die Taschenlampe von einer in die andere Hand. Er sucht in seinen Jackentaschen und klemmt die Taschenlampe unter das Kinn. Klopft sich am Körper ab.

»So eine Scheiße.«

»Was ist denn?«, fragt Valerie.

»Ich hab das Handy irgendwo verloren. Oder vergessen.«

»Wäre sowieso gegen die Spielregeln gewesen«, sagt Jana.

»Ich scheiß auf die Spielregeln!«, brüllt Alex.

»Na, na, na«, sagt Valerie. »Am besten, wir gehen mal weiter und suchen nach der Markierung.«

Jana setzt sich in Bewegung und leuchtet mit der Taschenlampe wieder ruckartig in den Nebel.

»Er geht vor«, befiehlt Valerie.

»Warum? Weil ich ein Mann bin?«

»Eier! Wir brauchen Eier!«

»Warum zitierst du Oliver Kahn? Du bist doch kein Bayern-Fan.«

»Irgendwie muss man auch die Erfolgsfans erreichen. Erfolg ist unsere gemeinsame Schnittmenge. Ich will die Challenge gewinnen.«

»Ich auch. Vor allem will ich nicht, dass Jens gewinnt.«

»Ich will vor allem raus aus dem Nebel«, ergänzt Jana.

Alex schaut sie einen kurzen Moment mitleidig an, dann marschiert er zielstrebig weiter. Die Frauen folgen ihm. Die Lichtkegel schnuppern im Nebel weiter nach Markierungen.

»Kennt jemand den Horrorfilm *The Fog – Nebel des Grauens*?«

»Halt einfach die Fresse, Alex.«

Schweigend ziehen sie durch den Nebel wie ein Expeditionskorps und leuchten mit den Taschenlampen abwechselnd in alle Richtungen.

Jana schreit. »Da! Da! Da! Die Markierung.« Ihre hohe Stimmlage wird durch den Nebel gedämpft. Ihr Taschenlampenstrahl klebt auf einer Wegmarkierung mit einem blutroten Dollar-Symbol. Die beiden Mitwanderer vereinen das Licht ihrer Taschenlampen mit dem von Jana. Unter dem Dollarsymbol zeigt ein Pfeil nach rechts.

»Geht vom Weg ab«, sagt Alex.

»Hast du Angst?«, fragt Valerie.

»Nein. Natürlich nicht.«

»Warum zögerst du? Du hast zwei Schutzengel dabei.«

Alex macht einen großen Schritt vom befestigten Weg auf die Wiese. Er geht vorsichtig voran. Jana und Valerie folgen ihm mit ein paar Metern Abstand. Eine weitere Markierung auf einem Stein.

»Boah, nächstes Jahr lass ich mich auf so eine Scheiße nicht mehr ein«, sagt Alex. »Ich könnte jetzt einfach auch mit einem Bier und Netflix auf der Couch kleben.«

Ein Stofffetzen mit blutrotem Dollarsymbol hängt an einer sehr dürren Fichte. Sie sieht so aus, als würde sie nicht wachsen wollen. Oder als würde sie irgendwas daran hindern.

»Hier ist überhaupt kein richtiger Wald mehr«, sagt Alex zögerlich. »Nur so einzelne Baumruinen.«

»Hast du dich vor unserem Trip über die Landschaft informiert?«, fragt Valerie.

»Natürlich.«

»Dann weißt du ja, dass solche Lichtungen normal sind.«

Alex geht weiter, leuchtet aber schneller um sich. Nach etwa fünfzig Metern bleibt er stehen.

»Seltsam«, sagt er, »der Boden fühlt sich so weich an. So, als würde er unter mir schwingen.«

»Das liegt an deinen Schuhen«, sagt Jana. »Ich hab mir auch solche im Online-Shop bestellt. Ultraleichter, voll auf Performance ausgelegter Schuh. Aggressive Außensohle mit doppelter Dichte. Die spezifische Geometrie erhöht die Bodenkontaktfläche. Wie viel hast du dafür bezahlt?«

»Das geht dich gar nichts an.«

»Du hättest mal lieber die Schuhe einlaufen sollen, dann kämst du damit zurecht«, mischt sich Valerie ein.

Alex stapft wütend weiter. Plötzlich sinkt er in der Wiese ein. Ein kurzes, schmatzendes Geräusch. Dann ist Alex weg. Vom Erdboden verschluckt. Der Rasen bewegt sich noch ein wenig unzufrieden auf und ab. Schließlich gehen die Bewegungen in ein leichtes Schlingern über.

Jana und Valerie lauschen noch zwei Minuten, ob es Schwimmgeräusche im See gibt. Und starren dabei auf die Stelle, an der Alex verschwunden ist.

»Ich hab dir doch gesagt, der Idiot informiert sich nicht darüber, wo wir hinfahren«, stellt Valerie zufrieden fest.

»Dabei sind die schwimmenden Inseln eine Sehenswürdigkeit«, antwortet Jana. »*Im 19. Jahrhundert lösten sich die Moordecken vom Seeboden ab und treiben seither an der Wasseroberfläche ohne feste Verbindung zum Untergrund.*«

»*Die schwimmenden Inseln sind zwischen 1,50 und 3,50 Meter dick, aber an manchen Stellen auch nur ein paar Zentimeter. Ein Geländevorteil, den man nutzen kann.*«

»*Dort ist es lebensgefährlich. Dort werden Leute geschluckt.*«

»Weiß man halt nicht, wenn man im Internet nur bei YouPorn unterwegs ist und nicht bei Wikipedia.«

»Gut, dass der Sepp Auer sich so gut auskennt und uns die Stelle gezeigt hat.«

»Na hör mal, er ist schließlich der externe Anbieter, der das Teambuilding organisiert. Da muss er doch der stellvertretenden Sicherheitsbeauftragten Auskunft darüber geben, an welchen Stellen der Nachtwanderung Gefahr droht.«

Valerie holt ein Smartphone und eine Packung Desinfektionstücher aus ihrer Jackentasche.

»Du hast echt Talent als Taschendiebin«, lobt Jana ihre Kollegin.

Valerie wischt das Telefon gründlich ab und wirft es sportlich weg. Ein Platschen ist zu hören.

»Wow, es ist im Wasser gelandet und nicht auf Moos.«

Jana und Valerie schauen stumm in den Nebel.

»Irgendwie erwarte ich immer noch, dass er zurückkommt. Wie Michael Myers, wie Freddy Krueger, wie alle Wiedergänger im Horrorfilm«, sagt Jana.

»Kein Wunder, nach dem, was er dir angetan hat.«

»Es gibt sogar ein Video davon.«

»Die Drecksau.«

»Ich kann immer noch nicht glauben, dass wir es getan haben.«

Valerie legt den Arm um Janas Schulter.

Jana schmiegt den Kopf an Valerie.

Der Nebel packt sie in Watte.

•

Zwei Tage später wandern Jana und Valerie über die Schachtwiese zwischen Bodenmais und dem Großen Arber.

»Besonders hart hat der Unfall von Alex keinen Kollegen getroffen«, sagt Valerie.

»Immerhin wurde das Teambuilding abgebrochen«, sagt Jana.

»Das war ja pro forma. Ein bisschen mehr Lametta hätten

sie schon investieren können. So hat man einen Eindruck davon, wie es sein wird, wenn man selber abnippelt. Du bist weg und schon am nächsten Tag vergessen. Immerhin hat uns jeder geglaubt, dass wir nach dem Vorfall noch ein bisschen die Einsamkeit suchen.«

»Und keiner hat genauere Fragen zum Unfall gestellt. Ich glaube, das hätte ich nicht ausgehalten.«

»Was meinst du damit?«

»Frau macht sich Gedanken.«

»Denken hilft nicht.«

»Das Gewissen meldet sich halt doch.«

»Da bist du früh dran. Bei den meisten meldet sich das Gewissen erst im Altenheim.«

Ein paar Minuten wandern sie stumm über die Almwiese, dann sagt Jana: »Ich krieg das schon in den Griff. Mein Gewissen.«

»Das wäre besser. Für uns beide.«

»Und Alex macht mein Gewissen ja nicht mehr lebendig.«

»Richtig.«

Sie folgen dem Weg zum Mittagsplatzl über der Arberfelswand. Beide Bänke sind noch frei. Sie setzen sich auf die linke. Vor dem Abgrund steht ein silbernes Kreuz. Dahinter geht es Hunderte Meter steil in die Tiefe.

»Ich hätte nicht gedacht, dass wir das wirklich tun«, sagt Jana.

»Wir sind stark«, antwortet Valerie.

»Und ich hatte nicht erwartet, dass du mir hilfst.«

»Wir Frauen müssen zusammenhalten.«

»Wir waren aber nie beste Freundinnen.«

»*Beste Freundinnen*. Da setzt eine gewisse kommunikative Unschärfe ein. Wir sind Kolleginnen.«

Beide schauen in die Landschaft, um sich davon beseelen zu lassen, aber die Seelen spielen nicht mit.

»Nachdem du mir den Plan unterbreitet hattest, dachte ich, du machst das nur, um an den Posten von Alex zu kommen. Stellvertretender Teamleiter. Damit du in Position bist, wenn Jens in zwei Jahren in Ruhestand geht.«

»So was denkst du von mir?«

»Tut mir leid.«

Valerie steht auf. Sie dehnt ihren Oberkörper. Schaut über die Fichten, das Wasser, die Berge. Bis in den Böhmerwald.

»Wow, was für eine Wahnsinnsaussicht!«, sagt Valerie. »Schau dir mal den See an.«

Jana stellt sich neben Valerie. Genießt die Aussicht.

Nur ein sanfter Stoß zwischen ihren Schulterblättern.

Elmar Tannert
Der dritte Mann KLATOVY

Auf der Fahrt von Klatovy in den Böhmerwald verflucht Jiří Zmeškal den lang vergangenen Tag, an dem er sich entschieden hat, Deutsch als erste Fremdsprache zu wählen, ebenso auch den Tag, an dem er die Abiturprüfung in Deutsch mit einer glatten Eins bestand. Vielleicht lag das eigentliche Problem aber auch darin, dass er nach dem Abitur die Polizistenlaufbahn eingeschlagen hat, dass er zudem eigentlich schon Feierabend hätte und dass ausgerechnet heute im *U Zlatého džbánu,* im *Goldenen Krug,* die Stammtischrunde zusammentrifft – ohne ihn.

Als Major Toman von der Městská Policie Klatovy sein Anliegen mit den Worten »du kannst doch Deutsch, Jirka« eingeleitet hatte, hatte Zmeškal noch mit einer der üblichen Bagatellen gerechnet – etwa den Verlust der Handtasche einer deutschen Touristin zu protokollieren. Stattdessen hatte Toman ihm eröffnet, dass im Böhmerwald in der Nähe von Srní ein 8-jähriges Mädchen aus Deutschland namens Viktoria Dierksen vermisst werde.

»Und ich soll die Kleine suchen? Ganz allein?«

»Richtig. Du brauchst nur durch den Wald spazieren und ein deutsches Kinderlied singen, dann kommt sie ganz von selbst.«

»Ich hab eine saumäßige Singstimme, Chef.«

»Pass auf, Jirka. Ein Suchtrupp ist schon nach Srní unterwegs. Ich hab auch den Förster aus Kašperské Hory aufgetrieben, der kennt die Gegend wie seine Westentasche.

Aber von der ganzen Mannschaft spricht keiner Deutsch. Deshalb wirst du jetzt dorthin fahren, damit jemand an Ort und Stelle ist, der dolmetscht und alle Aktivitäten koordiniert. Alles klar? – Ach ja, und noch was.«

Toman griff in die unterste Schreibtischschublade, zog zwei leere Eineinhalbliter-PET-Flaschen heraus und warf sie Zmeškal zu.

»Du wirst den heutigen Abend in der kleinsten Brauerei unseres schönen Landes verbringen – im *Goldenen Reh*. Ob du heute in den *Goldenen Krug* gehst oder ins *Goldene Reh*, ist doch eigentlich egal, oder? In der Pension, die dazugehört, hat nämlich die deutsche Familie mit dem vermissten Mädchen Quartier bezogen, und dort wird sich auch der Suchtrupp einfinden. Also, schau mal nebenbei, ob das Bier was taugt, und bring mir zwei Flaschen mit! Und wer weiß, vielleicht inspiriert dich ja der Ausflug zu einem Gedicht!«

Dass Zmeškal sowie einige seiner Kollegen zu Dichtern geworden waren, die in ganz Tschechien gelesen wurden, hatten sie dem 1. Mai zu verdanken. An diesem Tag wird der Prager Laurenziberg von verliebten Paaren bevölkert, und stets findet sich dort irgendein Fernsehteam ein, das von Paar zu Paar geht und sich von denjenigen, die es können, die ersten Zeilen von Karel Hynek Máchas Epos *Máj* aufsagen lässt:

Ein Abend spät – der erste Mai –
ein Abendmai – der Liebe Zeit.
Wo Föhren Düfte streuen weit,
das Täubchen ruft zur Lieb herbei ...

Im vergangenen Jahr war der 1. Mai auf einen Dienstag gefallen, und an jedem ersten Dienstag im Monat wiederum trifft sich Jiří Zmeškal mit seinen Kollegen zum Stammtisch im *Goldenen Krug,* wo – wie überall – ein Flachbildschirm an der Wand hängt. So war es also geradezu unumgänglich, dass an jenem Abend am Polizistenstammtisch, inspiriert vom Fernsehbericht aus Prag, das erste Gedicht entstand:

An einem Maientage
da war die Bahnhofstraße
am Kreisverkehr blockiert
ein Müllcontainer war's
dorthin vom Wind verweht

Als Zmeškal am nächsten Morgen eine Handvoll bekritzelter Bierdeckel in seiner Jackentasche fand, auf denen die Einsätze der vergangenen Tage in lyrischer Form festgehalten waren, beschloss er kurzerhand, eine Facebookseite anzulegen, die er *Městská Poezie Klatovy* taufte, um dort die Perlen des vergangenen Abends zu veröffentlichen. Seither kommen Monat für Monat neue hinzu, was der Polizei Klatovy mittlerweile einen einzigartigen Ruf eingebracht hat – und dem Polizeistammtisch eine hölzerne Tafel mit der Aufschrift *Stůl bláznů,* »Tisch der Verrückten«, vom Inhaber des *Goldenen Krugs* persönlich gebastelt.

In Klatovy hat noch Sonnenschein geherrscht. Die Temperatur vielleicht etwas zu kühl für August, aber Sonnenschein. Doch mit jedem Kilometer und jedem Höhenmeter, den Zmeškal zurücklegt, nimmt der Himmel eine trübere Farbe an. Über dem Böhmerwald hat sich drohend eine dunkelgraue Wolkenmasse aufgetürmt, und auf die fährt er leider direkt zu. Mehr oder weniger direkt – in Keply ist die Hauptstraße wegen Bauarbeiten gesperrt. Zmeškal folgt zunächst der ausgeschilderten Umleitung, biegt dann aber nach rechts auf einen Wirtschaftsweg ab, der nach einem halben Kilometer wieder in eine schmale, asphaltierte Waldstraße mündet. Ein Schleichweg, den er irgendwann schon einmal genommen hat und der ihm ein paar Extrakilometer sparen dürfte.

Hinter einer Kurve wächst urplötzlich die Front eines Lkw vor ihm empor. Zmeškal tritt auf die Bremse und zieht nach rechts. Der Lastwagen bleibt in der Mitte und beansprucht trotzig die Straße für sich. Nur wenige Zentimeter trennen die beiden Fahrzeuge von Tuchfühlung, als sie voreinander zum Stehen kommen. Im nächsten Augenblick dröhnt wuchtig eine Hupe. Zmeškal atmet tief durch, steigt aus, umrundet in gemächlichem Spaziergängertempo seinen Wagen und betrachtet den imposanten, baumstammbeladenen Sattelzug. Es wäre genug Platz, um aneinander vorbeizukommen. Wenn denn jeder der Beteiligten wollte. Der Fahrer lässt die Seitenscheibe herunter.

»Schau, dass du deine Karre aus dem Weg räumst, du Vollpfosten, und zwar flott! Sonst schieb ich dich zurück bis nach Mochov und noch weiter, wenn's sein muss! Ich hab schon seit ner Stunde Feierabend!«

Zmeškal klettert zur Fahrerkabine hoch und hält dem Mann, der aussieht, als hätte er die Baumstämme allesamt allein mit bloßen Händen aufgeladen, seinen Dienstausweis hin.

»Jiří Zmeškal, Polizei Klatovy. Ich hab's zufällig auch eilig, und zwar noch eiliger als du. Aber ich werd mir jetzt trotzdem fünf Minuten Zeit nehmen, um deine Papiere zu kontrollieren, und du wirst derweil deinen Laster nach rechts bugsieren, damit ich vorbeikann, du Möchtegernkönig der Landstraße! Auf geht's!«

»Wie soll das denn gehen, Mann? Da ist doch viel zu wenig Platz!«

»Ist ein bisschen knapp, keine Frage. Aber ein Profi wie du schafft das schon. Oder ist dir eine Anzeige wegen Nötigung und Beleidigung lieber?«

Fluchend und zähneknirschend fügt sich der Holzfahrer in sein Schicksal, manövriert seinen Zug zentimeterweise zurück und schließlich wieder vorwärts an den rechten Rand der Asphaltdecke.

»Na also, geht doch!« Zmeškal reicht ihm die Papiere. »Und nächstes Mal gefälligst von vornherein mehr Kooperationsbereitschaft!«

Der Mann grunzt nur. Hoffentlich, denkt Zmeškal, hat er weder Frau noch Kinder zu Hause.

Kurz danach erreicht er die Regenfront. Schwer klatschen die ersten Tropfen an die Windschutzscheibe, und kaum eine Minute später arbeiten die Scheibenwischer auf Hochtouren. Zmeškals Laune befindet sich gefährlich nah am Nullpunkt, als er bei strömendem Regen das Ortsschild des 230-Seelen-Kaffs Srní passiert. Sein Navi weist ihm den Weg durch den Ort hindurch, dessen linkerhand aufragendes Hotel mutmaßlich ebenso viele Gäste beherbergen kann, wie es Einwohner gibt, und schließlich nach dem Ortsausgang rechts auf einen schmalen Wirtschaftsweg, der etwa einen halben Kilometer durch den Wald führt und sich auf einer Lichtung zu einer Art Parkplatz verbreitert. Von dort sind es noch einmal zweihundert Meter zur Pension *U zlatého srnce,* Zmeškal legt sie im Laufschritt zurück und betritt das schlichte Holzhaus am Waldrand, das man für eine geräumige Einsiedlerklause halten könnte, befände sich davor nicht eine Terrasse mit Tischgarnituren und eingeklappten Sonnenschirmen, und schon gar nicht würde man in diesem abgelegenen Haus eine Brauerei vermuten.

In der Gaststube ist die Hölle los, was hauptsächlich einem Trupp von zehn Männern in dunkelblauen Regenpelerinen zu verdanken ist, der die beiden zentralen Tische belegt und mit Vehemenz eine der neueren tschechischen Glaubensfragen erörtert, nämlich, ob das bessere Weizenbier hier oder in Bayern gebraut werde.

»Klar haben wir das Weißbier von den Bavoráci«, lässt sich ein hagerer Schnauzbartträger vernehmen. »Aber wir haben erst richtig was draus gemacht!« Er nimmt ein paar kräftige Schlucke.

»Schaffen aber nicht alle bei uns«, wirft ein anderer ein. »Neulich war ich wieder mal in Vimperk. Bestimmt kein schlechtes Weizen, was die dort brauen, aber so was kann ich in Bavorsko überall trinken.«

Das deutsche Paar, das, findet Zmeškal, mehr nach *Guten Tag* als nach *Grüß Gott* aussieht, hat mit zwei Kleinkindern den Vierertisch an der Wand neben der Eingangstür in Beschlag genommen und starrt verzweifelt die Männer an, die auch Zmeškal nicht unbedingt für den bestellten Suchtrupp halten würde, hätte er nicht den Mannschaftswagen der Freiwilligen Feuerwehr Kašperské Hory auf dem Parkplatz gesehen.

Dann sitzen da noch zwei Männer, um die fünfzig mögen sie sein, in Cargohosen und tarnfarbenen T-Shirts, die vollauf damit beschäftigt scheinen, stumm ihre halb vollen Biergläser anzustarren.

Hinter dem Tresen schließlich steht eine dickbebrillte, weißbekittelte Frau jenseits der siebzig, offenbar die Mutter des Hauses, die das Geschehen in der Gaststube betrachtet wie die Souffleuse eine Theateraufführung.

»Keine Sorge«, sagt sie zu Zmeškal. »Die sind bald weg, dann kriegen Sie einen Platz. Das sind die Männer von der Freiwilligen Feuerwehr Kašperské Hory. Der Förster Jelínek ist auch dabei. Die müssen gleich raus, ein vermisstes Mädchen suchen. Warten nur noch auf die Polizei aus Klatovy. Kann ich Ihnen schon mal eins einschenken?«

»Ich *bin* die Polizei aus Klatovy.« Zmeškal zeigt seinen Dienstausweis.

»Sie *sind* die Polizei aus Klatovy? Sie sprechen Deutsch? Dann beruhigen Sie doch am besten gleich unsere deutschen Gäste. Sagen Sie ihnen, die Spezialisten von der Freiwilligen Feuerwehr haben bis jetzt noch alle Verirrten gefunden. Letzten Herbst den kleinen Honza Navrátil aus Prag, erst sechs Jahre alt. Da haben die Eltern überm Pilzesammeln nicht gemerkt, dass ihnen ihr Kind abhandengekommen ist. Und vorletzten Sommer die zwei Mädchen aus Pilsen, Hanka Šmídlová und Markéta Smutná haben sie geheißen, die am Abend einfach auf eigene Faust in den Wald gegangen sind, weil sie wissen wollten, ob man hier in der Abenddämmerung Elfen sehen kann ...«

»Aber kommen die Feuerwehrleute denn immer besoffen?«, unterbricht Zmeškal.

»Nein, nicht immer. Nur dann, wenn man sie vom jährlichen Feuerwehrfest weghol. So wie heute. Deshalb werden sie das Mädchen bestimmt schnell finden, sie wollen ja weiterfeiern.«

Während des Redens hat sie ein Bier gezapft und stellt es auf den Tresen.

»Probieren Sie! Das ist unser 11grädiges, das goldene Rehlein. Geht aufs Haus.«

Eine willkommene Entschädigung für den entgangenen Stammtisch im *Goldenen Krug,* denkt Zmeškal. Und außerdem – er wird mutmaßlich den ganzen Abend hier verbringen müssen. Wenn er in ein paar Stunden nach Klatovy zurückfährt, wird der Alkohol längst abgebaut sein.

Er nimmt die ersten Schlucke und mustert dabei noch einmal die Gäste.

»Was ist eigentlich mit den beiden am Fenster, Frau ... äh ...?«

»Lukášová. Ich bin die Schwiegermutter vom Wirt, vom Pepík. – Was soll mit den beiden sein?«

»Gehören die auch zum Suchtrupp?«

»Nein. Sind Prager.« Die Verachtung, mit der sie »Prager« sagt, bedeutet, da wird sie gern genauer: dekadente Städter, die vom Böhmerwald keine Ahnung haben und hier genauso stumpfsinnig herumhocken wie in ihrer Vorstadtkaschemme. Wenn sie nicht gerade auf blöde Ideen kommen, wie mit dem Jagdgewehr in der Gegend herumzuballern.

»Eigentlich sind sie zu dritt gewesen. Aber ihr Kumpel fehlt heute. Vielleicht hat er's hier nicht mehr ausgehalten und ist wieder heimgefahren. Im Wald herumtreiben wird er sich wohl nicht bei dem Regen.«

Man darf bei Vermisstenfällen keine Zeit verlieren, zumal dann nicht, wenn es regnet und in absehbarer Zeit die Dunkelheit hereinbricht. Und wenn es um ein Kind geht, muss man Prioritäten setzen. Deshalb beschließt Zmeškal, die zwei Prager und ihren fehlenden dritten Mann vorerst auf sich beruhen zu lassen und sich mit einem »Guten Tag« den Deutschen zuzuwenden, einem Paar Ende dreißig, dem neben der Angst um ihre Tochter das Misstrauen gegen den Suchtrupp der Freiwilligen Feuerwehr Kašperské Hory ins Gesicht geschrieben steht, mag Jiří Zmeškal auch noch so vertrauenserweckend wirken. Würde man einen Künstler beauftragen, dem Polizeislogan *pomáhat a chránit,* »helfen und schützen«, ein Gesicht zu geben, würde es mit großer Wahrscheinlichkeit dem rotblonden, sommersprossigen Hauptwachtmeister Zmeškal sehr ähnlich sehen.

Trotz seiner Hilfe können Viktorias Eltern leider nur sehr unvollkommen schildern, wo genau sie ihnen verlorengegangen ist, aber sie haben die Ortskoordinaten der schicksalhaften Stelle, an der ihnen auffiel, dass ihre Tochter abgängig ist, in ihren Smartphones gespeichert.
»Das haben wir den Leuten da auch schon gezeigt – aber die haben darauf bestanden zu warten, bis die Polizei kommt!«
Die Stelle liegt etwa vier Kilometer westwärts von der Pension *U zlatého srnce,* man könnte sagen, auf halbem Weg zur deutschen Grenze, und außerdem unweit einer sumpfigen Flussniederung, die, wie die Senioren der Runde wissen, zu Zeiten des Eisernen Vorhangs so manchem Republikflüchtling zum Verhängnis geworden ist – »aber«, meint Förster Jelínek, der so robust aussieht, als übernachte er anstatt zu Hause auch gern einmal im Wald, »sag das bloß nicht den Deutschen! Die sehen schon ängstlich genug aus!«
Die Feuerwehrleute leeren ihre Gläser und brechen unter Jelíneks Führung auf, und mit einem Mal wird es still in der Gaststube. Zmeškal hat beschlossen zu bleiben, und setzt sich zur deutschen Familie – gut möglich, dass in diesem Lokal noch eine weitere Aufgabe auf ihn wartet. Frau Lukášová betätigt einen Lichtschalter hinter dem Tresen.
»Es ist eine Schande«, meint sie, »dass man mitten im Sommer um diese Zeit schon Licht machen muss! Aber we-

nigstens haben wir hier ein schönes Licht, finden Sie nicht auch? Die Wandlampen hat Pepík selbst installiert. Deckenlampen kann er nämlich nicht ausstehen, die machen ungesundes Licht, sagt er immer.«

Die zwei Prager, so zeigt sich im Kunstlicht, sitzen auf dem Trockenen. Frau Lukášová tritt an ihren Tisch.
»Dáte si ještě jedno?«
Die beiden Männer wirken, als hätten sie die Frage, ob sie sich noch eines geben, schon etwas zu oft mit Ja beantwortet. Aber das hält sie nicht von einer weiteren Bierbestellung ab. Zmeškal gönnt sich ebenfalls noch ein 12gradiges Lager. Wenn es ganz schlimm kommt, wird er eben hier übernachten. Und außerdem degustiert er ja gewissermaßen dienstlich für seinen Chef. Die PET-Flaschen hat er dummerweise im Auto vergessen, doch der Regen wird hoffentlich irgendwann nachlassen. Andererseits – im August besteht da im Böhmerwald wenig Hoffnung. Wenn eine Regenfront aufzieht, dann bleibt sie ein paar Tage hängen. Mindestens.

Zmeškal prostet den Pragern zu. Der größere der beiden, Vollbart, Stirnglatze, sitzt reglos wie ein Totempfahl, guckt weder links noch rechts. Der kleinere dagegen, glubschäugig, strohiges Haar, hebt leutselig sein Glas.
»Na zdraví!«
Der rauschende Dauerregen vor den Fenstern erinnert unablässig an das vermisste Mädchen. Zmeškal macht einen Versuch, die Situation ein wenig zu entspannen.
»Woher kommen Sie eigentlich?«
Zumindest Frau Dierksen scheint froh über die Ablenkung.
»Hude«, sagt sie und fügt hinzu: »Liegt zwischen Bremen und Oldenburg.«

»Ganz schön weit weg«, gibt Zmeškal zurück. »Sind Sie zum ersten Mal im Böhmerwald?«

»Ja. Aber natürlich haben wir gedacht, dass das Wetter hier besser ist. Regen haben wir bei uns selber genug.« Jetzt lächelt sie sogar ein wenig.

Nun fühlt sich auch der glubschäugige Prager bemüßigt, seine Deutschkenntnisse auszupacken. Oder das, was er dafür hält.

»Deutschland!«, sagt er enthusiastisch. »Bayern München! Erste Liga!« Und guckt erwartungsvoll das deutsche Paar an. Doch die Resonanz auf sein Konversationsangebot bleibt aus.

»Sie mögen nicht Fußball?«, setzt er nach. »Aber Kultur? Goethe? Beethoven?«

Sein Kamerad versetzt ihm einen Tritt.

»Lass die Leute in Ruhe, verdammt! Die haben andere Sorgen!«

»Außerdem kommen sie aus dem Norden«, wirft Zmeškal ein und prostet den Pragern versöhnlich zu. Als die Gläser wieder auf dem Tisch stehen, wischt er sich den Schaum vom Mund und sagt: »Blöde Geschichte, das.«

»Die werden das Mädchen schon finden«, gibt der Kleine zurück. »Sind gute Leute, das merkt man gleich.«

»Da bin ich mir sicher. Aber eigentlich meine ich die Sache mit eurem Kumpel. Der soll schon abgereist sein, hab ich gehört. Hat ihm wohl das Bier hier nicht geschmeckt?«

Der Kleine glotzt.

»Wäre schade«, fährt Zmeškal fort. »Ist schließlich ein ausgezeichnetes Bier.«

»Äh – nein. Das ist ganz anders, als Sie denken. Unser Kumpel, der Adamek, der hat nämlich hier in der Gegend ein Haus geerbt.«

»Halt's Maul!« zischt sein Gegenüber und versetzt ihm einen Tritt.

»Mensch, Paja! Was ist denn? Ist doch nix Schlimmes, wenn man ein Haus erbt. Außer natürlich, es ist so eins, wie der Adamek geerbt hat. – Übrigens, ich bin Vašek.«

»Jirka«, sagt Zmeškal. »Na zdraví!«

Die Wirtin räumt unterdessen die Biergläser von den Tischen. Dann geht sie zur deutschen Familie, deutet auf die Kinder und fragt: »Malinovka? Himbärlimonadä?«

»Bitte ja«, sagt ihre Mutter. Für sich bestellt sie ein weiteres Bier. Auch ihr Mann nimmt noch eines. Dann wendet er sich an Zmeškal.

»Können Sie nicht den Suchtrupp mal anrufen?«

»Die melden sich bei mir, sobald sie Ihre Tochter gefunden haben.«

»Nein, ich meine, Sie sollten besser mal nachfragen, ob sie überhaupt schon an Ort und Stelle angekommen sind. Die waren ja allesamt hackedicht! Sogar der Hund hat Bier getrunken, ich hab's genau gesehen!«

Stimmt, da war auch ein Schäferhund gewesen, den Zmeškal erst beim Aufbruch des Suchtrupps bemerkte. Das Wort »hackedicht« indes ist ihm noch nicht begegnet.

»*Was* waren sie?«

»Besoffen. Betrunken!«

»Man hat sie direkt vom Feuerwehrfest hergeholt«, sagt Zmeškal bedauernd, und man weiß nicht, ob sein Bedauern mehr den Feuerwehrleuten oder den Eltern gilt. »Machen Sie sich keine Sorgen. Die kennen den Wald und haben schon öfter verloren gegangene Kinder gefunden. Sie werden Ihre Tochter gesund und munter wiederbekommen.« Er wendet sich zur Wirtin. »Paní Lukášová, kann es sein, dass der Hund kein Wasser, sondern Bier in seinem Napf gehabt hat?«

Sie lacht. »Die Feuerwehrleute haben es ausdrücklich für ihn bestellt. ›Mein Bojar, der kann was vertragen‹, hat sein Herrchen gesagt, der Oberhauptmann Stojespal, ›ich hab nämlich daheim eine kleine Hausbrauerei und lass ihn jedes neue Bier probieren!‹«

Zmeškal verzichtet vorsichtshalber darauf, den Deutschen seinen Dialog mit der Wirtin zu übersetzen, und wendet sich den beiden Pragern zu.

»Wir waren noch gar nicht fertig mit dem geerbten Haus«, erinnert Zmeškal. »Das ist wohl nicht mehr so richtig in Schuss? Sonst würdet ihr doch bestimmt dort übernachten, oder?«

Der Kleine verschluckt sich beinahe vor Lachen. »›Nicht mehr so richtig in Schuss‹? Darauf müssen wir einen trinken!« Er ordert drei Slivovitz. »Das ist die reinste Bruchbude, die der Adamek da geerbt hat. Und zugemüllt bis obenhin! Deswegen sind wir ja hierher in die Pension umgezogen.«

Der Schnaps kommt.

»Na zdraví!«

Zmeškal hat, als er an der Theke stand, den Zettel der beiden gesehen. Sie haben vor ihm fünf Bier und zwei Schnäpse Vorsprung. Also jeder der beiden. Aber eine kleine Grundlage könnte ihm dennoch nicht schaden. Er fragt nach einem Imbiss. Frau Lukášová bedauert. Von Montag bis Mittwoch schließt die Küche bereits um achtzehn Uhr.

»Höchstens eine Wasserleiche mit Brot kann ich Ihnen servieren.«

Ein willkommenes Angebot. Die Wasserleichen, *utopencí*, sauer eingelegte Fleischwürste, sind ein guter Indikator für die Qualität eines Lokals.

»Die haben wir vom Metzger Smetana in Sušice, und einlegen tu ich sie selber«, erläutert Frau Lukášová ungefragt, als sie den Teller hinstellt. »Lassen Sie sich's schmecken!«

Vašek nimmt, während Zmeškal isst, den Faden wieder auf.

»Das hätte sich der Adamek aber auch denken können – oder, Paja? Ich meine, was soll man da anderes erwarten? Dem sein Onkel hat in der Hütte seine letzten zwanzig Lebensjahre ganz allein gehaust. Keine Haushälterin, nichts, obwohl er sich's hätte leisten können. Muss ein ganz komischer Kauz gewesen sein.«

»Aber mitgefahren seid ihr ja trotzdem, als der Adamek euch zum Jagdausflug in den Böhmerwald eingeladen hat«, gibt Zmeškal zu bedenken und weiß selbst nicht, wie er auf »Jagdausflug« kommt – wahrscheinlich hat er noch die Bemerkung der Wirtin im Ohr. Die Wasserleiche schmeckt ihm im Übrigen ganz hervorragend.

»Ja, mein Gott ... der Paja ist seit seinem Unfall in Frührente – das darf ich doch sagen, Paja, oder? – und mich haben sie vorletztes Jahr auf die Straße gesetzt. Personalabbau ... seitdem haben wir bloß noch unsere Stammkneipe, die *Severka*. Jeden Abend dieselben Gesichter ... da haben wir uns gesagt: Schlimmer kann's im Böhmerwald nicht werden, stimmt doch, Paja?«

Paja grunzt mürrisch und nimmt einen Schluck Bier.

»Aber da haben wir natürlich nicht ans Wetter gedacht. Und außerdem ...«

Paja scheint zu ahnen, was kommt, und verabreicht Vašek abermals einen Fußtritt.

»... und außerdem«, Vašek gibt sich unbeirrt, »hat's in dem Haus gestunken wie die Pest! Weil dem Adamek sein Onkel, der ist mindestens sechs Wochen tot im Bett gelegen, bis man ihn entdeckt hat. Der muss ja praktisch schon flüssig gewesen sein! Ich sag's dir, Jirka, so was hab ich noch nicht gerochen. Klar, der war natürlich schon längst abgeholt, aber das ist ein Geruch, der setzt sich fest, den kriegst du nicht mehr raus, der bleibt in den Wänden drin, und das riecht wie ... wie alles auf einmal, was aus einem rauskommen kann – aber noch viel schlimmer! So was hast du noch nicht gerochen, Jirka!«

Zmeškal schiebt sich tapfer das letzte Stück seiner Wasserleiche in den Mund. Doch, er hat so was durchaus schon gerochen – nicht nur einmal. Schließlich ist er Polizist. Aber das scheint zumindest Vašek entweder gar nicht mitbekommen oder schon wieder vergessen zu haben, und Zmeškal verzichtet darauf, ihn daran zu erinnern. Wenn er dranbleibt, sagt ihm sein Gefühl, lässt sich aus diesem Abend bestimmt noch ein Gedicht für die *Městská Poezie Klatovy* rausholen. Er muss an eines der Gedichte vom letzten Stammtischabend denken, das sein Kollege Vlaďa beigesteuert hat:

Der falsche Polizist
der voller List
Bußgeld von deutschen Falschparkern eintrieb
fühlte sich keineswegs wie ein Dieb
sondern sagte zur Streife
die ihn festnahm
so schlecht habe er doch
seinen Job gar nicht gemacht

Auch Vlaďa hat keinen schlechten Job gemacht mit seinem Gedicht, findet Zmeškal nach wie vor. Ganz abgesehen davon natürlich, dass er den Betrüger dingfest gemacht hat. Hat auf der Facebookseite auch ein paar Dutzend Likes bekommen. Aber, wie gesagt, der heutige Abend im verregneten Böhmerwald scheint ebenfalls ein gewisses Potenzial in sich zu bergen. Insbesondere der verschwundene dritte Mann. Vašek hat sich unterdessen in Fahrt geredet.

»Das Dumme ist nur: Wir werden da noch mal hinmüssen. Weil nämlich –«

Paja tritt wieder zu, Vašek zuckt schmerzerfüllt zusammen, und Zmeškal seinerseits tut so, als bemerkte er davon nichts.

»– Mensch, Paja, was ist denn? Ist ja noch gar nicht gesagt, dass wir da überhaupt was finden werden. Der Adamek *glaubt* ja nur, dass da was sein müsste ... weil, sein Onkel, hat er gemeint, der hat sich seine Rente jeden Monat in bar vom Postboten bringen lassen, und ausgegeben hat er angeblich so gut wie nix. Sein Fleisch hat er sich selber geschossen – da hängt eine ganze Sammlung Jagdgewehre bei ihm an der Wand. Also muss von dem Geld noch irgendwo was rumliegen in der Hütte, und deshalb gehen wir da morgen mit dem Adamek noch mal hin. Und wenn wir was finden, gibt er uns was ab. Ist nämlich ein feiner Kerl, der Adamek.«

»A propos Adamek«, hakt Zmeškal ein. »Wo treibt sich der denn eigentlich gerade rum?«

Vašek bekommt einen Hustenanfall, was kein Wunder ist. Schließlich hat er sich die Kehle trocken gequatscht, und sein Bierglas ist auch schon wieder leer. Zmeškal bestellt eine neue Runde.

»Sie müssen unbedingt einmal unser Weizen probieren!«, empfiehlt Frau Lukášová. »So eins haben Sie noch nicht getrunken! Damit haben wir beim Bierfest *Sonne im Glas* letztes Jahr in Černice den zweiten Preis gemacht.«

Zmeškal macht sich nicht viel aus Weizenbier, aber vielleicht ist es ja was für seinen Chef. Und kaum steht das Bier auf dem Tisch, kaum haben die drei Männer ihre Kehlen befeuchtet, erklingen die ersten Takte der *Moldau* von Smetana. Zmeškals Smartphone. Das deutsche Paar zuckt zusammen. Es ist aber nur Major Toman.

»Wie sieht's aus, Jirka?«

»Ich degustiere gerade das Hefeweizen, Chef«, hätte Zmeškal beinahe gesagt. Aber eben nur beinahe. »Noch nichts Neues«, sagt er stattdessen, »aber die werden sich bestimmt bald mel--- Chef, ich muss auflegen. Der Jelínek versucht gerade, mich anzurufen. Bis gleich! – Herr Jelínek?«

Die frohe Botschaft des Försters, die aus dem Smartphone plärrt, müsste Zmeškal gar nicht übersetzen; der Tonfall spricht für sich und zaubert den blassen Eltern Farbe ins Gesicht.

»Was sagt er?«

»Sie haben Ihre Tochter gefunden, es geht ihr gut. Aber –«

»Was ›aber‹?«

»Moment. – Bitte? *Was* erzählt die Kleine?«

»Das verstehen wir nicht so genau. Honza meint, es könnte irgendwas mit einem toten Mann zu tun haben. Sprechen Sie doch mal mit dem Mädchen und übersetzen Sie mir, was sie gesagt hat.«

Zmeškal legt sein Smartphone auf den Tisch.

»Viktoria!«

»Mami, Papi! Ich hab so Angst gehabt ... da liegt nämlich ein Mann im Wald, der bewegt sich nicht mehr ... ich hab ihn getreten, damit er wach wird, aber er ist nicht aufgewacht ... ich glaub, er ist tot ... da bin ich ganz schnell weggerannt ...«

»Hallo Viktoria«, interveniert Zmeškal, »ich bin von der Polizei. Findest du den Mann wieder? Kannst du meinen Kollegen zeigen, wo er liegt?«

»Ich weiß nicht mehr ... da ging's ganz steil bergauf ... und ein paar Felsen waren da ...«

»Ist das weit weg von da, wo meine Kollegen dich gefunden haben?«

»Nein, ich glaub nicht ... aber darf ich jetzt nach Hause?«

»Du darfst sogar in einem richtigen Feuerwehrauto mitfahren. – Pane Jelínku? Poslouchejte, ta holka říkala, že je tam prý nějaká mrtvola – ano, nějaký muž – ale bohužel si nepamatuje, kde přesně ... tak já bych řekl, abyste nám nejprve přivézli maličkou, jo? A potom –«

Zmeškal verabsäumt nicht, zu den beiden Pragern hinüberzublicken, während er dem Förster und Suchtruppanführer Jelínek durchgibt, dass da offenbar wirklich eine Leiche im Wald liegt, gleichwohl aber zunächst einmal das Mädchen hierhergebracht werden solle.

Paja scharrt nervös mit den Füßen. Und auch Vašek macht den Eindruck, als wolle er schon im nächsten Augenblick sein Bier Bier sein lassen und sich an die frische Luft oder sonstwohin begeben – Hauptsache, nicht mehr hier sein. Als Zmeškal sein Gespräch mit Jelínek beendet und außerdem den Eltern nochmals versichert hat, dass die Feuerwehrleute auch ganz gewiss den Rückweg finden werden, hält er es daher für dringend geboten, sich um die beiden großstädtischen Ausflügler zu kümmern.

»Macht ihr euch Sorgen um euren Adamek?«, fragt er also. »Aber was soll ihm schon passiert sein? Der wird sich doch wohl auskennen hier, oder?«

»Ja, aber –«, krächzt Vašek mühsam, »da liegt doch angeblich einer im Wald rum – ich glaub, Paja, da gucken wir besser mal nach – oder?«

»Seid ihr wahnsinnig?«, entgegnet Zmeškal. »Ihr seid nicht mehr ganz nüchtern, es ist schon dunkel, es regnet in

Strömen – da kommt ihr womöglich auch nicht mehr zurück!«

»Nein, nein, ich glaub, wir wissen schon noch, wo – äh, ich meine – Paja, wir sollten wirklich mal nachschauen – nicht, dass dem Adamek doch was passiert ist –«

Zmeškal, beflügelt vom Bier aus Tschechiens kleinster Brauerei, kann sich die Geschichte mittlerweile ausmalen. Drei Prager Suffköpfe, die es in den Böhmerwald verschlagen hat, schnappen sich die Jagdgewehre, die sie im Haus des Onkels finden, saufen sich einen an und ziehen los, wollen nur ein bisschen durch die Gegend ballern – und dann löst sich ein Schuss im falschen Moment in die falsche Richtung. Auf diese Weise ist schon so manche Waldleiche zustandegekommen. Warum nicht auch in diesem Fall?

»Die haben hier auch ein India Pale Ale, das sollten wir probieren«, schlägt Zmeškal vor. Bei ihm wäre es das vierte Bier, bei den beiden anderen ungefähr das neunte oder zehnte. Wie hatte noch mal dieses deutsche Wort gelautet? »Hackedicht«? Eine Hacke ist eine *motyka,* und »dicht« heißt *těsný.* Und beides zusammen soll »besoffen« ergeben? Warum nicht gleich *vožralej jak motyka,* »besoffen wie eine Hacke«, wie man auf Tschechisch sagt?

Aus der Ferne wird die Sirene des Feuerwehrwagens hörbar, der sich unaufhaltsam nähert. Dann zuckt Blaulicht durch die Fenster in die Gaststube. Im Triumphzug treten die Feuerwehrleute ein, vorneweg Förster Jelínek, der die kleine Viktoria, in eine Decke gehüllt, auf dem Arm trägt und ihren Eltern wie ein Weihnachtsgeschenk überreicht. Hinter ihm tritt ein Mann ein, der vorhin, beim Aufbruch, noch nicht dabei gewesen war, und, wie die Feuerwehrleute sagen, als Anhalter an der Straße stand.

Nun ist im Gasthaus abermals die Hölle los. Nicht nur wegen der Feuerwehrleute, die gemeinsam mit Zmeškal und dem Ehepaar Dierksen ihre erfolgreiche Suche begießen – selbst vor Viktoria steht plötzlich ein kleines Saftglas voll Bier –, sondern weil der elfte Mann, durchnässt und mit Erdklumpen im Haar, den sie mitgebracht haben, in Wahrheit der fehlende dritte namens Adamek ist.

Er stürzt sich auf Paja und Vašek, schnappt sich ihre Biergläser, schüttet ihnen den Inhalt über den Kopf und erzählt ihnen, dass sie die allergrößten Hornochsen sind, die auf Gottes Erdboden herumlaufen.

Frau Lukášová ringt verzweifelt die Hände. »Ježíšmarjá, was für eine Sünde! Unser gutes IPA!«

»Das heißt, du bist gar nicht tot?«, fragt Vašek und fasst Adamek am Ärmel. Auch Viktoria starrt mit großen Augen auf den Mann, der leblos im Wald gelegen war und auf der Rückfahrt plötzlich am Straßenrand auftauchte.

»Nein, bin ich nicht! Ihr habt euch das vielleicht ganz wunderschön ausgemalt: mich zur Strecke bringen und in aller Ruhe das Haus nach Geld durchwühlen, um es euch dann Abend für Abend in der *Severka* durch die Kehle zu jagen. Aber da habt ihr die Rechnung ohne den Wirt gemacht!«

»Adamek, ich schwör's dir! Das war ganz anders!«

Es war tatsächlich ganz anders, wie sich nach und nach herausstellt, denn Adamek weist nicht die mindesten Verletzungen auf – jedenfalls keine, die man einer verirrten Schrotladung zuschreiben könnte. Vielmehr muss es den wortreichen Schilderungen zufolge, die er zu hören bekommt, so gewesen sein, dass Paja sehr nah an Adameks Ohr einen Schuss abgefeuert hat, worauf Adamek schlichtweg in Ohnmacht fiel und, von seinen beiden Kameraden für tot gehalten, notdürftig unter Laub und Erde verscharrt wurde.

Zmeškal spielt nervös mit dem Kugelschreiber. Wie soll er das bloß alles auf einem Bierdeckel unterbringen, fragt er sich. Das verirrte Mädchen, die verhinderten Jäger, die besoffenen Feuerwehrleute, den vermeintlichen Toten? Vielleicht sollte er zunächst eine leichtere Aufgabe angehen. Wäre er heute nicht nach Srní im Böhmerwald beordert worden, sondern säße er mit seinen Kollegen im *Goldenen Krug* in Klatovy, so würde er den vorgestrigen Nachtschichteinsatz in ein Gedicht gerinnen lassen. Zmeškal bestellt sich noch ein Bier und beginnt nach kurzem Nachdenken zu schreiben:

Als man ihn stellte
den Tankstellenräuber
sprach er von einem Missverständnis
Er habe nur nach Kleingeld gefragt
nicht nach der ganzen Kasse
lautete sein Geständnis

Zufrieden betrachtet er sein Werk. Er hat die Fähigkeit, Polizeiarbeit in Lyrik zu verwandeln, offenbar nicht verloren. Und die Worte für den heutigen Einsatz, die wird er spätestens beim nächsten Stammtisch finden. Notfalls zusammen mit seinen Kollegen. Vielleicht wird ja ein ganzes Epos daraus – wie Karel Hynek Máchas *Máj*.

Andreas Thamm

Das Rufen im Walde, wo keiner spaziert ZWIESEL

Und jetzt rückte auch noch der BR an. Zu allem Überfluss. Heller lächelte bitter, zog vorm Toilettenspiegel den Knoten seiner hellblauen Krawatte zurecht, zupfte an seinem blassgelben Hemd. Passte alles. Freitagnachmittag, er war natürlich längst der Letzte im Rathaus. Eine sterile, eine erstickende Stille umfing den Bürgermeister der Kleinstadt.

Blick aus dem Fenster: Der himmelblaue Bus mit dem weißen Streifen. Die ersten Amtsjahre steuert man noch mediengeil darauf zu, bei jeder sich bietenden Gelegenheit. Dann beginnt man zu verstehen. Da warteten sie jetzt auf ihn, nur auf ihn, Heller, den Bürgermeister. Der Waschzettel seiner Anzughose kitzelte, er zog ihn raus, steckte ihn wieder rein, zerrte kurz daran herum. Ihm war alles unbequem geworden, die Hose, das Rathaus, die Stadt Zwiesel.

Die Glasstadt, ha. Saublöder Name, immer schon.

Wahrscheinlich, davon ging er aus, schickten sie ihm wieder dieses junge, vorlaute Ding, diese hochdeutsch sprechende Praktikantin oder Auszubildende oder wie das bei den Medienheinis hieß, die ihm ganz stolz ihr BR-Mikrofon ins Gesicht drückte und sich für Marietta Slomka hielt. Dünn wie ein Streichholz, rasend schnelles Mundwerk, frech, keine Berührungsängste oder irgendwas. Keine Scham. Heller kannte den Typus. Starb nicht aus. In der Schule hätten sie so eine vielleicht zur Klassensprecherin gewählt, in der großen Pause dann aber auch in den Streugutbehälter gesteckt, und der dicke Leitlmoser hätte sich draufgesetzt und dort seine Semmel mit der guten Hausmacher-Leberwurst verspeist.

Lang war's her.

Vor drei Wochen war die junge Frau zuletzt hier gewesen, um ihm, dem Heller, mal ein bisschen Druck zu machen. Um ihm mal ein paar unangenehme Fragen zu stellen. Da war die grad die Richtige. Heller war, wie man so schön sagte, in Bedrängnis geraten. Seit fast zwölf Jahren diente er dieser Stadt. Dritte Amtszeit! Und ja, doch, »dienen« war schon das richtige Wort, fand er. Er stellte sich in ihren Dienst und hatte es immer zu ihrem Besten getan. Und jetzt kamen ein paar ganz besonders Schlaue aus dem Stadtrat auf die Idee, ihm seine über die Jahre erworbenen, letzten Endes hart erarbeiteten Kontakte anzukreiden. Ihm das, was ihn all die Jahre zu einem guten Bürgermeister gemacht hatte, vorzuwerfen und irgendwelche hanebüchenen Gerüchte in die Welt zu setzen. Alles ein bisschen zu kompliziert, um es einer dahergelaufenen BR-Praktikantin verständlich zu machen. Er hatte hektisch, reflexartig auf seine wie immer absolut nutzlose Pressestelle verwiesen und sie ansonsten ziemlich dumm da stehen lassen mit *Kein Kommentar* und *Alles Blödsinn*. Na ja.

Insofern kam ihm die Geschichte über den Walter, den Gandhi, nicht komplett ungelegen, und er würde aufpassen müssen, jetzt gleich nicht genau diesen Eindruck zu erwecken. Du bist erschüttert, Heller, betroffen bist du und keineswegs erleichtert. War ja auch eine Tragödie. Aber dessen unbenommen, es stimmte nun mal: Zwiesel sprach seit vorgestern nicht mehr über angebliche Gefälligkeiten, die den Bürgermeister am letzten Haar aus dem genauso angeblichen Geldsorgensumpf gezogen hatten. Zwiesel sprach nicht mehr über die Alleingänge, die ganz einfach nötig geworden waren, um den Zwiesler Haushalt zumindest halbwegs zu sanieren. Zwiesel sprach über den haarlosen und nunmehr toten Gandhi und dessen letzten Weg über den Stadtplatz und hinein in die ewig gleichbleibend kühle Gruft. Zwieseler Unterwelten, konservierende Temperaturen, Todeszeitpunkt ungeklärt, aufgefunden von der guten Inge, Stadtführerin, erste Route des Tages, also: mit Schulklasse im Schlepptau und alles. Katastrophal, nicht gut. Aber ausnahmsweise betraf »nicht gut« mal einen anderen.

Heller knibbelte wieder am Waschzettel seiner braunen Anzughose, bis er ihn endlich richtig zu fassen bekam. Er riss ihn ab, ratsch, und machte sich auf den Weg. Zwölf Minuten drüber. Die anderen immer ein bisschen warten lassen, alte Schule. Mit ihren Kameras und ihrer Praktikantin, der Mini-Marietta mit ihren funkelnden Augen, die immer diese trügerische Naivität ausstrahlten, als würden sie beide sich schon ewig kennen – und als würde sie für immer und bedingungslos an das Gute in ihm glauben, während sie ihn im selben Moment frech danach fragte, ob es zum Neubau von diesem Schnellrestaurant haarscharf am Rande des Naturschutzgebiets denn überhaupt einen gültigen Stadtratsbeschluss gebe. Schnellrestaurant. Pff. Scheißegal. Wegen so was machten die hier einen Aufstand. Musste man sich mal vorstellen.

Heller zitterte. Seine Handflächen waren feucht. Alles war so kompliziert, so schwierig, so verdammt unbequem geworden. Die Absätze des Bürgermeisters schabten über den marmornen Boden des Rathauses. Er schlich fast durch diese Hallen, durch die er vor Monaten noch geschritten war, dass der Klang seiner Absätze von den rotzgelben Wänden widerhallte. Heller. Sei ein Mann, sei ein Staatsmann. Du kannst das. Gerade jetzt war es doch entscheidend, Haltung zu zeigen und der Öffentlichkeit zu beweisen, dass es für diese Stadt, für ihre Zukunft, ihre Außenwirkung nur einen gab und geben würde. Das Beste für diese Stadt. Manchmal, den Satz legte Heller sich zurecht für gleich, geht es in der Politik eben nicht um Tabellen und Zahlen. Pause. Manchmal geht's um Leben und Tod.

Draußen blendete die Sonne. Die Welt, die halbherzig verkehrsberuhigte Hauptschlagader seiner lieben Gemeinde, kam Heller direkt stickig vor. Sengend. »Kamera läuft«, sagte einer, nicht zu ihm, nicht mal in seine Richtung. Dunkle, hagere Gestalten im Gegenlicht. »Wie bitte?« Heller blieb wie angenagelt stehen. »Die Kamera. Bitte noch mal rauskommen. Take zwei.« Ein Techniker mit der blauen BR-Weste und einem filzigen Pferdeschwanz, der ihm weit, viel zu weit über den Rücken baumelte. Er wedelte mit dem Zeigefinger, um Heller zum Umdrehen zu motivieren. Gut, gut, sollte es so sein. Heller konnte sich den Text schon vorstellen, den sie später über die Bilder legen würden: *Schwierige Tage für Bürgermeister Michael Heller. In der Glasstadt Zwiesel kehrt einfach keine Ruhe ein.* Noch einmal. Er trat noch einmal aus der Rathaustür und steuerte direkt auf den weiß-blauen Bus, die Kamera, die zahnstocherdünne Praktikantin zu. Musste man ihm nicht zweimal sagen. War ja nicht erst seit gestern im Amt.

Sie lächelte. Ein glatzköpfiger Hippie tot in der Zwieseler Gruft. Toll. Sie wusste sicherlich, für ihre Karriere konnte das *die* Geschichte sein. Diese eine, die einen Unterschied machte. Die dafür sorgte, dass die richtigen Leute sich nach ihrem Namen erkundigten. So lief das doch bei der

Journaille. Alles über Connections, und dann Leuten wie ihm genau das Gleiche vorwerfen. *Wes Brot ich ess*, oder wie ging der Spruch mit dem Lied? Beherrsch dich, Heller. Lächle. Nein, halt, lächle nicht, falscher Anlass. Es war gar nicht zum Lächeln hier. Es ging um Mord.

Lief die Kamera? »Passt, danke!«, rief der Pferdeschwanz. Sie hielt ihm die Hand hin wie einen Hühnerknochen. »Dass wir uns so schnell schon wieder sehen!« – »Ja«, stammelte Heller, »ja.« – »Wir machen den üblichen Dreiminüter für die Abendschau, Stand der Dinge, nachgefragt beim obersten Chef der Ortspolizei.« Heller hüstelte: »Na ja ...« Die Praktikantin hob die Augenbrauen: »Wir können? Können wir?« – »Moment noch«, sagte Heller, wackelte am Krawattenknoten herum, überprüfte das blassgelbe Hemd, versuchte Zeit zu schinden: die notwendigen Sekunden, die entscheidend sein konnten. »Also gut.«

In den vergangenen zwei Jahren hatte der Gandhi sich erstens diesen Namen erarbeitet, es zweitens zu einer gewissen Lokalprominenz gebracht, die gut und gerne bis Regen reichte, und drittens nicht wenige Menschen in der Gemeinde gegen sich aufgebracht. Er, der Heller, hatte den Gandhi, Geburtsname Walter Schubert, noch als Waldi kennengelernt vor vielen Wintern. Ein verhauter Typ, paar Jahre jünger, hielt sich für was Besseres, ohne jemals irgendwas zustande gebracht zu haben. Na ja. Dann war Walter lange verschollen gewesen, Indien oder was, Nepal vielleicht, und plötzlich, also wirklich von einem Tag auf den anderen, wieder aufgetaucht, am Bahnhofsvorplatz mit einem Schild in den Händen und ohne Schuhe an den Füßen, und auf dem Schild stand irgendwas von wegen »Rettet die Natur« und »Stoppt die Wilderei im Bayerwald«. Da hatten sich die meisten noch nix weiter gedacht. Und manche hatten ihm einen Euro hingeworfen, obwohl er ja gar nicht betteln, sondern protestieren wollte. Der Gandhi. Keine Haare, keine Schuhe, aber immer irgendein Anliegen.

Und dann ging das mit dem Blog los. Und mit noch mehr Schildern. Und mit den Leserbriefen. Der Gandhi saß schuhlos in einem wachsenden Schilderwald. Und protestierte und schrieb gegen alles an, was da schlecht war in der Welt. Man konnte gegen die einzelnen Sachen, gegen die Anliegen, ja eigentlich gar nix sagen. Natürlich, das mit der Wilderei, da hatten sie gerade wieder zwei Luchse erlegt und die Tiere dann so an die Bäume genagelt, dass einem wandernden Ehepaar fast das Herz stehen geblieben wäre. Natürlich, ein Riesenproblem, machte man nicht, so was. Die zunehmende Versiegelung der Flächen im ganzen Kreis Regen genauso. Da gab es ja Gutachten, das wusste man ja, dass so was keine guten Folgen zeitigte, absolut richtig, was der Waldi oder der Gandhi da von sich gab. Oder das mit den Stickstoffen oder Nitraten oder was auch immer im Trinkwasser. Keiner, den Heller kannte, wollte das gerne so haben, und natürlich wussten sie alle, dass die Landwirte daran durch die Auswahl ihrer Mittel einen gewissen Anteil hatten, an dem, was da am Ende wieder im Wasser landete, hin oder her, das war schon alles klar so weit, absolut. Glasklar sozusagen von wegen weil in Zwiesel. Aber, und das war, fand Heller, wenn er mal so darüber nachdachte, wichtig: So einer wie der Gandhi, der sich jahrzehntelang in Goa und auf Dings, Bali oder Machu Picchu rumgetrieben hatte, war mit Sicherheit der Letzte, wenn nicht der Allerletzte, der sich in das Wesen so eines Wilderers oder Bauherrn oder Landwirts im Bayerwald auch nur halbwegs hineinversetzen konnte. Der tickte einfach ganz anders als die normalen Leute hier, dachte aber, mit seinen Schildern könnt er die Welt retten, und jetzt sah er ja, was er davon hatte, beziehungsweise sah er nicht mehr, aber eben im übertragenen Sinne, also, genau. Und mal ganz blöd gesagt: Supermärkte mit Parkplätzen braucht man ja schon auch. Also selbst einer, der keine Schuhe anhat, muss doch mal seinen Wocheneinkauf machen, eigentlich, oder nicht? Na ja.

Das alles versuchte der Heller der jungen Reporterin jetzt in Ruhe, in vollständigen Sätzen und am besten auch noch, ohne den Lebenden und den Toten auf die Füße zu treten, zu erklären. Was ihm alles gleichermaßen schwerfiel. »Ah, also, wie soll ich sagen?«, fragte er die Reporterin und sich selbst. »... Also, der Dings, der Gandhi, also Walter Schubert muss ich ja, jedenfalls würde ich den als eine durchaus schillernde Person dieser Stadt ...« Sie zog ihm ruckartig das Mikrofon weg. Immer so plötzlich. Immer diese hektischen Bewegungen, wenn man gerade noch mitten im Gedanken war. Sie setzte dieses investigative Gesicht auf. Wie in den Filmen, gell. Jetzt der Polizei durch ein paar geschickte Fragen an die Mächtigen am Tatort die Arbeit abnehmen. Das, was man nicht an der Journalistenschule lernt, jetzt hieß es Instinkt oder so was beweisen. Zwieselgate! Konnte Heller sich alles vorstellen. Mord war immer aufregend. »Man hört«, sagte sie, und ha, dachte sich Heller, »er habe Feinde gehabt in der Stadt und« – »Ja, *man hört* ist immer schwierig!«, ging Heller direkt dazwischen. »Das ist ja genau das Gefährliche jetzt, dass jeder was gehört hat! Wir wollen aber lieber die Polizei ihre Arbeit tun lassen, wir sind da voller Vertrauen, und wir unterlassen sämtliche Mutmaßungen und Spekulationen.« Das hatte gesessen. Darauf konnte man aufbauen. Die Journalistin nickte, wirkte gar nicht mal so unzufrieden mit seiner Antwort und wandte sich sogar von ihm ab. Sie ließ ihren Blick schweifen, von den Rathaustreppen hinauf zum Bayerwalddom und hinunter Richtung Flussgabel. Er wusste, worauf sie hinauswollte.

Wer auch immer das am Gandhi verbrochen hatte, war entweder ein Idiot oder ein Glückspilz oder beides, sagten die Leute. Denn: Der Mörder hatte den aus einer tiefen Wunde am Kopf bluttriefenden Walter von seinem täglichen Protestplatz vor der ehemaligen Dampfbierbrauerei den ganzen Weg hinauf zum Eingang in die Besucherhöhle, also dem Zugang zu Zwiesels unterirdischen Gängen, transportiert. Bestimmt 100, wenn nicht 200 Meter entlang der Hauptstraße, und der Gandhi war zwar sicher ein passionierter Verkoster von sämtlichen Körnern, aber wenn einer so untersetzt gebaut ist, also eher so birnenförmig mit einem tiefen Körperschwerpunkt, dann ist das ja meistens eher so was Genetisches, liegt in der Familie, und dann kannst du Körner fressen, wie du willst, und wirst kein Fliegengewicht mehr. Was man sich jedenfalls zusammenreimen konnte, auch wenn man kein Kriminalhauptkommissar war, aber schon mal einen Krimi gesehen hatte, war, dass der Täter sein Opfer spät am Abend abgepasst hatte, vielleicht hatte der Gandhi seine Schilder schon zusammengeräumt und in den alten Lumpen von einem Rucksack verfrachtet, den er immer mit sich herumtrug, vielleicht war die Dämmerung schon so weit fortgeschritten gewesen, dass eh niemand mehr lesen konnte, was er auf besagte Schilder an dem Tag wieder geschrieben hatte, in krakeligen Großbuchstaben. Es war kalt gewesen an dem Abend, nieselig, ein Wetter, wo man schon spürt, dass man krank wird. Nicht unwahrscheinlich, an einem solchen Abend ein Zeitfenster von zehn oder auch mal zwanzig Minuten zu erwischen, wo selbst hier keiner mehr vorbeikam. Niemand.

Mit zwei, drei schnellen Schritten nähert sich einer aus der Gasse, die vom Kleinen Regen hochführt zum Stadtplatz. Er hat die Bewegungen oft genug imaginiert. Nicht mit kühlem Kopf, bestimmt nicht, eher mit rasender Wut, die ihm die nötige Wucht verleiht für den Schlag mit einem stumpfen Gegenstand, man wusste es nicht genau, aber schwer genug musste das Ding gewesen sein, um den Schubert mindestens auszuknocken. Er zerrt ihn weg, ums Eck und rein in eine, vermutlich!, mutmaßlich!, Schubkarre. Das war ja am naheliegendsten. Und dann Decke drüber und zügig, hinauf, vorbei an der *Schmankerlstube*, am Eiscafé, am Stadtcafé, am Rathaus, aber ist ja alles zu, und selbst wenn jetzt noch einer hier hoch- bzw. runterkäme: zielstrebig bleiben, leicht gehetzt, die letzte Fuhre von Gott weiß was will man jetzt noch hinter sich bringen und bitte keine nervigen Fragen beantworten dabei. Aber es kam keiner, vielleicht kam einfach keiner, und der Mörder oder die Mörderin schaffte die 100, vielleicht 200 Meter zum Eingang in die Unterwelt. Tür auf, der Gandhi plumpst hinein, wacht möglicherweise noch einmal auf, mit zittrigen Lidern wie Mottenflügel, und zack, fängt er schon die nächste auf den Ballon mit dem stumpfen Gegenstand und noch mal und noch mal, bis ihm die Augen zuschwellen, die Schale knackt und bricht, und ihm das Blut nicht mehr bloß aus den Wunden selbst, sondern auch aus Nase und Mund und Ohren läuft, weil er es ja nicht anders verdient hat, der Gandhi, der Gandhi, der zack, und noch eins und noch eins, immer drauf auf den verblödeten, braun gebrannten, kahlen

Schädel, der einfach nie und nie und nie die Schnauze halten wollte. Und. Wenn. Man. Es. Ihm. Noch. So. Oft. Sagt. Ein Tritt, und der Gandhi fällt und kullert wie eine dieser Spiralen, diese überdimensionierten Sprungfedern, die die Kinder früher mal vom Grenzlandfest mitgebracht hatten, die stählerne Wendeltreppe hinunter. Ein Sack Kartoffeln. Ein Knochengerüst. Ein bloggender, toter Hippie. Bis er unten aufschlägt, wo er liegen bleiben soll.

So jedenfalls, fand Heller, könnte es gewesen sein. Was er sagte, klang, hoffte er, ganz sachlich und nüchtern. Alles, was man zum jetzigen Zeitpunkt eben wusste. Er konnte den Gesichtsausdruck der jungen Frau, die ihm gegenüberstand, nicht wirklich deuten. Sie öffnete den Mund: »Glück?«, fragte sie. »Oder vielmehr eine Stadtgesellschaft, die über diesen einen speziellen Verlust nicht ganz so traurig war und vielleicht, Herr Heller, im richtigen Moment, weggeschaut hat?« Sie biss sich auf die Lippen, schüttelte den Kopf, drehte sich um, irgendwie in Richtung des Busses: »Nee, sorry, das können wir nicht machen, schneiden wir raus.« Sie wandte sich wieder Heller zu. »Tut mir leid, da ist was mit mir durch...« – »Ich will trotzdem gerne antworten, wenn das in Ordnung ist.« Die junge Frau machte große Augen. Damit hatte sie nun nicht gerechnet. Sie hatte sich einen Fehltritt geleistet, sie war ins Stolpern geraten, und er fing sie nicht nur auf, er unterstützte sie auch noch in ihrem Anliegen. »Aber«, fügte Heller hinzu, »das dann bitte unter drei, ja?« Sie nickte: »Ja, logisch, klar.« Unter drei. Die Journalisten liebten es, wenn man ihnen etwas auf dieses Tablett legte. Diese beiden Worte wurden in der Regel von einer pikanten Information begleitet, die zwar nicht zitiert werden durfte, aber doch gut zu wissen war. Jetzt kam das Eigentliche, das Gold abseits dessen, was so gemeinhin professionell und unverfänglich dahingelabert wurde.

Heller straffte sich innerlich. »Frau äh ...?« – »Barsch.« – »Wie der Fisch?« – »Ja, schon.« – »Frau Barsch, das muss doch für Sie ein gefundenes Ding, äh, Fressen sein so was.« – »Wie meinen Sie das?« – »Na, weil Sie es schon ganz richtig sagen. Leute, die den Gandhi weghaben wollten aus Zwiesel, gab's genug. Nur dass man da nicht noch jahrelang recherchieren muss, mit wem er sich wohl alles angelegt hat. Kann man alles nachlesen.« – »Im Blog.« – »Im Blog, Frau Barsch. Einen nach dem andern hat er sich da ... Was war's als Letztes, na, der Ding, der Leitlmoser mit seiner Wurst. Vorne groß irgendwie *regional* und *wissen wo's herkommt* aufs Schaufenster schreiben, aber eigentlich alles billig aus der Massentierhaltung in NRW eingekauft.« Heller lachte schamlos. »Das hat der Gandhi rausgefunden, muss man ihm lassen, von uns gutgläubigen Zwieselern wäre da keiner draufgekommen.« – »Hm«, machte die Journalistin nachdenklich nickend. »Über Monate hinweg hat der Leitlmoser diese Kampagne durchstehen müssen. Der Blog, die Schilder, die Leserbriefe in der Zeitung. Ihre Kollegen vom *Bayerwald-Boten* können auch ein Lied davon ...« – »Ja?« Die junge Frau schien etwas abwesend, als hätte sie nur mit halbem Ohr zugehört. »Na ja, freilich, der Gandhi hat die Durchwahl gehabt zum Chef und alles. Und teilweise so lange Terror gemacht, bis dann auch was erschienen ist. Und davor war's eben der Hitthaler.« – »Ach ja, genau!« Jetzt aber, daran erinnerte sie sich anscheinend. »Ihr Polizeichef.« – »Der Hauptkommissar. Eigentlich extrem anständig. Aber angeblich eben mit guten Kontakten zu irgendwelchen Droh-E-Mail-

Schreibern, sagt der Gandhi, und dann auch noch in so WhatsApp-Gruppen, wo die ihre Hitlerbildchen hin und her ... Angeblich zu Recherche..., also, wie sagt man, Ermittlungszwecken. Und jetzt Disziplinarverfahren.« Heller hob müde die Schultern. »Da können Sie ewig weitermachen. Der Gandhi hat die Kinder vom katholischen Pfarrer, dem Reichenberger, ausfindig gemacht und das Blitzerfoto von der Direktorin vom Gymnasium und natürlich, ganz wichtig, die richtigen, ungeschönten Ergebnisse der Bodenproben in der Landwirtschaft und was weiß ich noch alles ...« Er schob die Unterlippe nach vorn und wandte sich theatralisch grüßend in Richtung der ewig kühl ausatmenden Gruft. »Hut ab!«

Man ging freundlich, fast freundschaftlich auseinander. Trotz des traurigen Anlasses. So wie es manchmal, dachte Heller, bei Beerdigungen ist. Nie ist die Stimmung so gut, auf diese erleichterte Art und Weise, wie wenn die Familie zum Leichenschmaus zusammenkommt. Eine Binsenweisheit eigentlich. Aber so oder zumindest so ähnlich fühlte sich das nun an, im Nachgang, als er dem blau-weißen Bus, dessen Ankommen ihm ein kleines Martyrium beschert hatte, hinterherblickte und ihm stumm ein zufriedenes *schleicht euch* nachrief. Eigentlich doch ganz nett die junge Frau, die Barsch, eigentlich ganz vernünftig. Würde schon einen anständigen Beitrag draus machen aus allem, und dann, wie gesagt, hatten die Leute endlich mal wieder was anderes zu reden. Heller fröstelte. Der Stadtplatz war bereits in Schatten getaucht. Feierabend.

•

Das Ding war abgedreht, immerhin. In zwanzig Minuten wären sie zurück im Studio Bodenmais, noch die Off-Texte einsprechen und in den Schnitt geben und gut. Henriette ließ Fritz fahren. Sie fühlte sich wie durchgeschleudert. Zu viele Informationen auf einmal, zu viele Hinweise und zu viele Manipulationsversuche. Sie musste sich sortieren, sie musste das eigentlich alles mal aufschreiben, sie war hellwach und todmüde, und sie hatte keine Zeit, um jetzt irgendwas zu ordnen. Sie musste nachdenken. Der weißblaue BR-Bus kurvte aus der Stadt und auf die Landstraße, und Henriette spürte schon, dass Fritz neben ihr am Steuer unruhig wurde, weil sie kein Wort von sich gegeben hatte, seit sie wieder eingestiegen waren.

Er räusperte sich. »Und?« So etwas galt hier als echtes Interesse, als geradezu überschwänglicher Gesprächseinstieg. Henriette arbeitete lange genug in Ostbayern, um ein solches *Und* ganz genau verstehen und interpretieren zu können. Sie war zum Volontariat aus München hergeschickt worden und hatte sich dabei irgendwie hier festgesessen. Das Volontariat war seit zwei Jahren vorbei, und sie war trotzdem hiergeblieben. Sie konnte sich nicht erinnern, dass man sie jemals gefragt hatte, es war alles wie automatisch geschehen, als habe man sie irgendwie vergessen, als gehörte sie eigentlich schon zum Inventar. Gleichzeitig, da machte sie sich nichts vor, blieb man für solche Interviewpartner wie den, wie hieß er noch, Heller, natürlich eigentlich immer die Auszubildende, die junge Frau, die mal vorbeigeschickt wurde in sein Nest, worüber er einerseits ein bisschen froh war, während es ihn andererseits immer noch ein bisschen kränkte, dass selbst der größte Skandal nicht dazu führte, dass Markus Lanz ihn in seine Sendung einlud. Eigentlich wollte sie hier weg, aber Henriette war völlig klar, dass sie den Job viel zu gut machte, dass sie viel zu verlässlich war und viel zu wenige Probleme verursachte, dass ihre streberhafte Art, die sie in Momenten der Selbsterkenntnis immer ein wenig quälte, sie auf eine Art unverzichtbar in Bodenmais gemacht hatte. Sie fiel nicht mehr auf, unter anderem, weil sie genau wusste, dass Fritz, ihr treuer Kameramann, wenn er in die Stille des kühlen Busses ein *Und* brummelte, eigentlich meinte: Schon ein komischer Typ dieser Heller, hab ich mir beim letzten Mal schon gedacht, aber was er am Ende noch alles gesagt hat, also, hab ich ja nur mit einem Ohr mitgehört, aber das sollte er vielleicht lieber mal der Polizei erzählen, weil ganz so abwegig hört sich das nicht an für mich, oder, was meinst du?

Und weil es Henriette in diesem Moment ganz ähnlich ging, antwortete sie: »Jo.«

Aber irgendetwas hakte. Henriette wiederholte die Worte des Bürgermeisters immer wieder in ihrem Kopf, versuchte sich an jeden einzelnen Satz zu erinnern und sie, so gut es ging, zu memorieren, versuchte, sich möglichst wenig mit anderen Dingen zu beschäftigen, sich möglichst wenig zu bewegen und möglichst gar nichts von der dunkelnden Landschaft, die draußen vorbeizog, wahrzunehmen, um einfach am besten gar nichts zu verlieren. Sätze und Figuren strudelten durch ihr Gehirn. Der Metzger in seinem Zorn über die Rufmordkampagne. »Fritz, kennst du dich mit Metzgern aus?« Fritz lachte: »Na ja, geht.« – »Was haben die?«, stammelte Henriette. »Wie, was haben die?« – »Werkzeug! Stumpfe Prügel, Hämmer!« – »Ja, ja, schon. Also«, Fritz nickte, ohne den Blick von der Fahrbahn zu wenden, »eigentlich ja eher Sägen und Messer, wenn der überhaupt selber schlachtet, aber so ein Fleischklopfer liegt doch bei jedem ... Und die alten Dinger immer aus Metall. Die kennst du, alles aus einem Guss und vorne wie so Zacken an einer Seite, so ein richtiger Schnitzelklopfer.« – »Hm«, machte Henriette. Total richtig alles, was der Fritz da sagte, aber sie musste weiter nachdenken. Was war noch? Hitthaler, der Polizeichef. Um Gottes willen. Tatwaffe Polizeipistole. Einfach mit dem Griff schwungvoll auf den Hinterkopf ...

Die Sache sah in der Tat schlecht aus für den Hitthaler. Henriette googelte und fand den Gandhi-Blog, nicht ganz oben, aber immerhin auf der ersten Seite der Suchergebnisse. Und da stand dann auch alles auf diesem hässlichen, unübersichtlichen Blog. Wie viele Leute schauten da wohl rein? Der Polizeichef pflegte freundschaftliche Kontakte zu absoluten Obernazis, die sich auf den Tag X vorbereiteten, die Waffen horteten und Terrorpläne schmiedeten. Der Gandhi hatte das nicht einfach nur behauptet, sondern vielfach belegt.

Henriette erinnerte sich, vom Chef damals persönlich dafür gerügt worden zu sein, dass sie augenrollend »big surprise« gesagt hatte, als das rauskam und in der Konferenz besprochen worden war. Aber würde ein Kriminaler sich wirklich zu so etwas hinreißen lassen, wenn er doch ganz genau wusste, dass er einer von denen war, die eindeutig ein Motiv hatten? Oder ein Pfarrer, der es mit dem Zölibat nicht so genau nahm? Mit dem schweren Kruzifix vielleicht? Die Vorstellung ließ sie schmunzeln. Das alles war mindestens möglich, absolut denkbar, aber Henriette wurde das Gefühl nicht los, dass ihr der entscheidende Hinweis noch immer entging. Der letzte Termin in Zwiesel, die heftig abweisende Art des Bürgermeisters, der sich mit einem Korruptionsverdacht konfrontiert sah, der *Bayerwald-*

Bote. Der *Bayerwald-Bote* und die Leserbriefe ... Und wer, fragte sie sich, hat denn überhaupt einen Schlüssel zu dieser Gruft. Der Metzger, wirklich?

»Oh, bitte nicht«, murmelte Henriette. »Bitte was?«, sagte Fritz neben ihr, den hatte sie schon halb vergessen, als säße sie in einem autonomen Fahrzeug. »Oh, bitte nicht der Spamordner.« Gandhi, Gandhi, Walter Dings, äh, Schubert, natürlich kannte sie den Namen, natürlich hatte man mal über den Spinner gesprochen, natürlich hatte auch sie mal eine seiner hässlich formatierten Mails überflogen, rote Überschriften, Ausrufezeichen mit Leerzeichen davor, mindestens drei verschiedene Schriftarten und fünf Schriftgrößen. Und ihn, den Gandhi, dann wieder vergessen im Tumult des Redakteurinnenalltags. Und dann wieder nix mehr überflogen. Weil irgendein Systemadministrator, vielleicht einer oder eine, der oder die da selbst Aktien irgendwie in der Massentierhaltung hatte oder der Schwager vom Hitthaler oder ... Jedenfalls hatte, so kam es ihr vor, jemand dafür gesorgt, dass die Mails vom Gandhi ab einem gewissen Zeitpunkt konsequent im Spamordner gelandet waren und ungelesen blieben. Das Rufen im Walde, wo keiner spaziert. Sie tippte, sie scrollte und las. Es war alles voll davon. Der Gandhi war naiv gewesen auf eine Art, er hatte die Hoffnung nicht aufgegeben, er hatte sich eingeredet, die echten Journalisten, die vom BR, hätten einfach zu viel zu tun, um ihm sofort zu antworten, aber wenn er nur beharrlich bliebe, verstünden sie die Dringlichkeit seines Anliegens schon noch.

Er habe Angst, schrieb er. Er habe sich zu weit in den Kaninchenbau gewagt. Längst hätte er, was er auf verschlungenen Wegen herausgefunden habe, selbst veröffentlichen können, aber er traue sich nicht mehr. Diese Sache sei zu groß für ihn, das müssten sie, die Profis, bringen, und zwar groß, ganz groß, überall. Seit er nun alle Belege zusammen habe, die Kontoauszüge, die Hellers Schuldenberg belegten, die Konversationen zwischen ihm und seinen Gönnern, auch denen vom Schnellrestaurant, das ja dann tatsächlich gebaut worden war, Naturschutzgebiet hin oder her, die Verträge mit den Banken in der Schweiz ... Seit das bei ihm auf dem PC lagere, habe er anonyme Drohungen erhalten. Freilich nicht erst seitdem, nicht zum ersten Mal, aber zum ersten Mal mache er sich ernstlich Sorgen um seine Gesundheit. Klar, er müsste eigentlich zur Polizei gehen, er hätte längst zur Polizei gehen sollen, er wollte auch, aber dann sei ihm eingefallen, dass die Zwieseler Cops ihm, na ja, nicht gerade wohlgesonnen waren. Dass die nicht automatisch auf seiner Seite standen in einer solchen Sache und Hilfe und Schutz nicht zu erwarten seien.

Er, schrieb der Gandhi in seiner letzten Mail, bedürfe des Schutzes der Öffentlichkeit und erwarte den baldigen Rückruf aus der Redaktion, um das weitere Vorgehen zu besprechen. Er hoffe, es sei nicht bald schon zu spät.

Paranoid klang das, fand Henriette. Das las sich wie noch eine Nachricht von noch einem Irren, dem der Bezug zur Realität abhandengekommen war. Und vielleicht hätten sie das genau so behandelt und keinen Blick in die dutzendfachen Anlagen geworfen, aus Angst vor Viren und Malware. Fast fühlte sie sich schuldig, auch wenn sie sich das verbot. Was geschehen war, war geschehen und nun nicht mehr zu ändern. Der stumpfe Gegenstand war im Grunde egal, das konnte alles sein, die eigentliche Tatwaffe befand sich am

Schlüsselbund des Täters und schloss die letzte, na ja, die vorletzte Ruhestätte des Opfers auf. Und die Indizien, zumindest das hatte er geschafft, waren gerettet und sicher in ihrem Spamordner gelandet.

»Du hast es, oder?«, fragte Fritz in die Stille hinein.

»Drück auf die Tube, Fritz«, sagte Henriette. Ihr lief ein kalter Schauer über den Rücken.

(Die Figuren und Ereignisse dieser Geschichte sind frei erfunden, alle Ähnlichkeiten rein zufällig.)

Die Autorinnen und Autoren

Martin von Arndt, 1968 als Sohn ungarischer Eltern geboren, lebt als Schriftsteller und Musiker bei Stuttgart und in Essen. Neben CDs sowie Film- und Hörspielmusik veröffentlichte er mehrere Romane, Theaterstücke, Lyrik und Sachbücher. Für sein Werk erhielt er zahlreiche Preise und Stipendien, darunter 2010 den Thaddäus-Troll Preis. Seit 2017 ist er Vorsitzender des Verbands deutscher Schriftstellerinnen und Schriftsteller (VS) in Baden-Württemberg. 2014 erschien der Roman *Tage der Nemesis* im ars vivendi verlag, 2016 folgte *Rattenlinien*. Mit seinem Politthriller *Sojus* (2019) stand er auf der Shortlist des Crime Cologne Award. 2021 veröffentlichte er den Roman *Wie wir töten, wie wir sterben*.
www.vonarndt.de

Tommie Goerz hat Soziologie, Philosophie und Politische Wissenschaften studiert. Er war Wissenschaftler, Texter, Unternehmensberater, Dozent, Musiker u. v. m. und lebt als Autor in Erlangen. 2007 gewann er einen Bronzenen Löwen in Cannes. Bei ars vivendi erschien u. a. seine erfolgreiche Reihe um den Nürnberger Kommissar Friedo Behütuns, zuletzt *Sandmann* (2020). Mit dem Fotografen Walther Appelt veröffentlichte er *In fränkischen Wirtshäusern* (2019) und *Tante Emma lebt*, das 2021 als Schönstes Regionalbuch Deutschlands ausgezeichnet wurde. Sein Kriminalroman *Meier* erhielt 2021 den Friedrich-Glauser-Preis. 2022 erschien sein Kriminalroman *Frenzel*.
www.tommie-goerz.de

Tanja Kinkel studierte Germanistik, Theater- und Kommunikationswissenschaft und erhielt diverse Literaturpreise, Stipendien in Rom, Los Angeles und an der Drehbuchwerkstatt in München; zuletzt Turmschreiberin in Abenberg. Sie ist Mitglied im Deutschen PEN, Präsidentin der Internationalen Feuchtwanger Gesellschaft Los Angeles, Beirat der Freunde der Bamberger Symphoniker, Gastdozentin an Hochschulen und Universitäten im In- und Ausland und mit dem Bayerischen Verdienstorden ausgezeichnet. Sie schreibt in Anthologien, fertigt Dramolette und schrieb bis 2020 zwanzig Romane, die in mehr als ein Dutzend Sprachen übersetzt sind, mit einer weltweiten Gesamtauflage von über sieben Millionen Exemplaren. Tanja Kinkel ist Schirmherrin des Bundesverbandes Kinderhospiz. 1992 gründete sie die Kinderhilfsorganisation »Brot und Bücher e.V.«
www.tanja-kinkel.de

Tessa Korber studierte Literatur und Geschichte, ist freie Autorin und wurde mit ihren historischen Romanen bekannt. Bei ars vivendi erschienen ihre Kurzkrimis *Das Leben ist mörderisch* (2010), ihr historischer Kriminalroman *Todesfalter* (2011) sowie *Die Saubermänner* (2013) und *Noch einmal sterben vor dem Tod* (2020). Zudem gab sie die Krimianthologien *Fiese Morde in der Provinz* (2011), *Auf leisen Pfoten kommt der Tod* (2013), *Bocksbeutelmorde* (2016) und *Weinfrankenmorde* (2019) heraus. 2021 erschien der zusammen mit Elmar Tannert verfasste Band *True Crime Franken* sowie der Roman *Alte Freundinnen*. Tessa Korber ist Trägerin des Forchheimer Kulturpreises 2010 und lebt in Nürnberg.
www.tessa-korber.de

Friederike Schmöe verfasst in ihrer Schreibwerkstatt seit 2000 Kriminalromane und Kurzgeschichten, gibt Kreativitätskurse für Kinder und Erwachsene und veranstaltet Literaturevents, auf denen sie in Begleitung von Musikern aus ihren Werken liest. Ihr literarisches Universum umfasst unter anderem die Krimireihe um die Bamberger Privatdetektivin Katinka Palfy und eine Krimiserie mit der Münchner Ghostwriterin Kea Laverde als Hauptfigur sowie Romane für Jugendliche und Reisebücher. 2022 erschien ihr neuester Roman *Die Cranach-Verschwörung*.
www.friederikeschmoee.de

Leonhard F. Seidl, 1976 geboren, lebt in Fürth und ist Schriftsteller, Journalist, Herausgeber und Dozent für Kreatives Schreiben. Sein vierter Roman *Fronten* (2017, Edition Nautilus) war für mehrere Preise nominiert und wurde 2019 als Theaterstück uraufgeführt. Seidl ist Vorsitzender des Verbands deutscher Schriftstellerinnen und Schriftsteller (VS), Mittelfranken, und Mitglied des PEN. Er hat zahlreiche Preise und Stipendien erhalten, u. a. ein Stipendium der Stiftung Literatur (2019), das Literaturstipendium des Mittelalterlichen Kriminalmuseums Rothenburg o.d.T. und Turmschreiber in Abenberg (2020). 2020 erschien sein Roman *Der falsche Schah*, 2022 *Vom Untergang*.
www.textartelier.de

Leonhard M. Seidl, 1949 geboren, wuchs im Münchner Stadtteil Giesing auf. Neben Romanen veröffentlichte er Theaterstücke, zu denen er gleich noch die Musik komponierte. Für sein Schaffen wurde er mit zahlreichen Preisen bedacht, u. a. mit dem Walter-Serner-Preis und dem Literaturpreis des Bayernbundes München. Bei ars vivendi veröffentlichte er den Roman *Letzte Ausfahrt Giesing* (2014). Zuletzt erschien sein Kriminalroman *Schwarzer Regen Rotes Blut* (2021).

Roland Spranger schreibt Theatertexte, Romane, Short Stories und was sonst noch sein muss. Zuletzt erschienen der Roman *Tiefenscharf*, die Short-Story-Sammlung *A Kind of Blue* sowie die Theaterstücke *White Power Barbies* und *Danner*. Nebenbei ist er Moderator einer Talkshow ohne Kameras und seit 2020 Mitinitiator des Podcasts *Kunstverächter*. 2013 wurde er mit dem Friedrich-Glauser-Preis für den »Besten Kriminalroman« ausgezeichnet. Er lebt und arbeitet in Hof.

Elmar Tannert, 1964 geboren, arbeitet als freier Schriftsteller und Übersetzer sowie u. a. beim *Bayerischen Rundfunk*. Bei ars vivendi erschienen *Der Stadtvermesser* (1998), *Keine Nacht, kein Ort* (2002), *Ausgeliefert* (2005), *Ein Satz an Herrn Müller* (2017) und die gemeinsam mit Petra Nacke verfassten Romane *Rache, Engel!* (2008), *Blaulicht* (2010) sowie *Der Mittagsmörder* (2012). 2014 veröffentlichte er gemeinsam mit Martin Droschke und Anders Möhl den Freizeitführer *Bierland Pilsen*, 2016 folgte *33 Biere. Eine Reise durch Franken*. 2021 erschien sein mit Tessa Korber verfasstes Buch *True Crime Franken. www.elmar-tannert.de*

Andreas Thamm, geboren 1990 in Bamberg, hat in Hildesheim Kreatives Schreiben und Kulturjournalismus studiert. Er lebt als Journalist, Autor und Suppenkoch in Nürnberg. 2020 hat er den bayerischen Kunstförderpreis für Literatur und das Arbeitsstipendium des Freistaats Bayern erhalten, 2021 den Kulturpreis der Stadt Nürnberg. Bei Magellan erschienen zwei Jugendromane: *Heldenhaft* (2019) und *Wenn man so will, waren es die Aliens* (2021).